Le syndrome de l'accent étranger

MARIAM SHEIK FAREED

Le syndrome de l'accent étranger

ROMAN

J'AI LU

Les mots suivis d'un astérisque sont expliqués dans le glossaire en fin d'ouvrage.

Chapitre 1

Place assise

Cachées sous un monde, les galeries bourdonnantes alternaient l'ombre et la lumière. C'était précisément dans le métro, aux heures de pointe, qu'Alex avait le plus conscience d'être un anonyme parmi les autres anonymes. Sans être ni désabusé ni aigri, il savait qu'il n'avait rien de spécial : jean et tee-shirt uni, cheveux d'un châtain banal, yeux marron, plus vraiment jeune, mais pas encore vieux, seulement un peu plus grand et plus sec que la moyenne. S'il avait fallu relever quelque chose qui le distingue, on aurait désigné son cartable, dont le cuir et la facture témoignaient de la qualité.

Il avait eu la chance de trouver une place assise pour traverser Paris et, malgré la promiscuité, Alex se sentait plutôt bien, à l'abri. Il aurait aimé raconter dans un texte la manière dont les hommes côte à côte, même sans interagir, peuvent exercer un effet apaisant, le temps d'un trajet.

Il sentit le poids de sa sacoche, posée sous la banquette, contre l'arrière de son mollet. Il savait qu'il devrait faire une sauvegarde de son histoire. Il fallait arrêter de la trimballer partout comme ça, comme un talisman, dans son ordinateur portable enfoui dans un vieux sac.

De toute manière, depuis longtemps il n'avait plus rien écrit.

Et, de toute façon, il était cuisinier, pas écrivain.

Arrivé à destination, Alex se fraya un passage pour descendre sur le quai. Le moment était venu de retrouver l'extérieur, entraîné au pas de course par la foule impatiente. Derrière lui, la rame s'ébranla et le train souterrain repartit.

Sous un siège, une belle sacoche en cuir patiné continua seule le voyage.

Chapitre 2

Riders on the Storm

Il est 6 heures, et quelques poussières de nuit traînent sous les paupières.

Il fera beau aujourd'hui encore. Beau pour ici.

Lorsqu'il est seul dans un lieu un peu exceptionnel comme à présent, ou même dans une rue toute simple, Désiré se sent indispensable. Faisant partie d'un ordre immuable.

Le jour se lève. Le soleil travaille son apparition avant d'entamer sa courbe journalière. Les oiseaux sont là, quelque part dans les frondaisons. Ils égayent ce silence de leur vacarme. Plus doux et régulier, le son du balai fait rouler les cailloux sur le chemin pour les accompagner, comme cet autre balayage velouté sur la caisse claire accompagne un morceau de jazz. Même sensation délicate.

*Mari zoli**... Entre les érables et les frênes, les tilleuls et les hêtres, des tombes de toutes tailles sont parfois ornées de gracieux angelots de pierre. Une ambiance mystérieuse, mi-romantique, mi-*Da Vinci Code*, ironise l'un des hommes. C'est incongru, mais Désiré se sent vraiment bien, juste là.

L'ombre des feuillages découpe sur le sol une dentelle sombre.

Les gars ont pris la grande allée. Ils ne discutent pas. Il est trop tôt. Chacun est concentré sur sa tâche, la même, jour après jour, déclinée selon les quartiers. Combinaisons vertes et gilets jaune fluo avec la ligne grise, toujours les mêmes.

Désiré aime bien faire bande à part, de temps en temps, surtout le matin. À la croisée des sentiers, il a taillé sa route. Il a pris les chemins de traverse. Les plus petits. Il est fier de faire partie de cette équipe tournante, ceux qu'on appelle au secours, en renfort, partout dans la ville, des nettoyeurs polyvalents. L'unité spéciale ! Patrick a une tendance clairement *dominer**, surtout dans ses mauvais jours. Ahmed est *dramer net**, et un peu *fezer** avec ça. Mais tous sont présents chaque jour. Un boulot, c'est précieux, ça ne se traite pas par-dessus la jambe. Et cette place, dans la hiérarchie des petites gens, n'est pas si simple à décrocher.

Ils sont souvent sur les lieux avant tout le monde, pour balayer à la force du poignet la trace des autres. Refaire de la ville un éden du premier jour, comme si la vie recommençait à neuf chaque matin : c'est leur job. Ils doivent finir la remise au propre avant que le flot des pressés ne reprenne, établir le calme et l'ordre avant la tempête quotidienne. Dans ce moment précis, Désiré trouve son shoot de sérénité et de dignité, qui fait passer le reste.

Aujourd'hui, ce sont les vestiges des frasques accomplies par les fans de Morrison dont il faut débarrasser le paysage.

Un label international a racheté les droits d'une bonne partie des titres des Doors. Il a édité un best of, avec le son original des premiers enregistrements. Suffisamment énorme pour que la sortie du disque attire hors de chez eux une cinquantaine de doux dingues, mélange de mystiques seventies, d'érudits de rock'n'roll et d'allumés défoncés, et engendre de manière surprenante une organisation assez performante pour faire diversion auprès du gardien et pénétrer dans le cimetière afin de fêter l'événement. Deux heures volées à la nuit autour du mausolée de leur idole, avant d'être gentiment délogés par les forces de l'ordre.

Pas de victimes. Quelques bonnes gueules de bois, une ou deux vestes en daim un peu râpées sur les tombes peut-être.

Ah si, tout de même, un blessé léger au genou, hospitalisé à Saint-Antoine. Un étudiant en droit, admirateur extatique du chanteur de *Riders on the Storm*. Celui-là a voulu faire le malin, juché sur les épaules d'un sexagénaire en jean taille basse et pattes d'éph'. Le jeune homme a tenté un genre de fosbury pimenté de l'originalité d'un départ accroupi, afin de passer par-dessus le mur du Père-Lachaise, à son point le plus bas, où il est commodément dénué de pics et de barbelés. Mais le sportif occasionnel, échauffé par les libations passionnées de la soirée, ne s'est pas rendu compte que, si la protection à cet endroit précis était moins hérissée qu'ailleurs, c'était essentiellement parce que le muret donnait sur un à-pic d'au moins trois mètres cinquante sur le boulevard de Ménilmontant en contrebas. La grande évasion version Flower Power. Le tout en hurlant « Fuck the police ! ». Un peu décalé mais toujours de bon ton. Il n'est pas très bien retombé, en fait. Et du même côté de la muraille que précédemment. Du coup, il a été beaucoup moins véhément avec les agents qui l'ont aidé à entrer dans l'ambulance, l'exploit sportif avorté l'ayant dégrisé d'un seul coup.

C'est le gardien qui leur a raconté l'histoire, en rigolant comme une baleine.

N'empêche que ce matin c'est le bazar. On retrouve des tracts un peu partout, prêchant l'antiviolence sur fond orange très agressif, des *sopinn** de bière et des restes de bougies utilisées en guise de cierges sur les tombes alentour. Désiré devra gratter pour que cela parte.

Drôle de contraste entre sa sensation actuelle de communier avec cette enclave de nature et la scène burlesque qui a dû se dérouler pendant la nuit. Sans compter que l'espace de recueillement va être envahi par les visiteurs d'ici à quelques heures. Les lieux sont comme les chats, ils ont plusieurs vies.

Désiré savoure donc l'instant. Là-bas, un faucon crécerelle plonge. Ce n'est pas une hallucination, il y a les mêmes dans les hauts à Maurice. Le rapace disparaît derrière un immense marronnier d'Inde qui commence tout juste à changer de couleur. Le balayeur s'est arrêté un instant, estomaqué par la taille de l'arbre, au cœur de la ville. Ses bras n'ont pas pu faire le tour du tronc. Ses doigts se sont attardés un instant sur les reliefs de l'écorce. Et puis il est vite reparti avant que ses collègues ne le surprennent.

Il ne faut pas se faire remarquer. Se fondre dans le décor.

Désiré n'est sûrement pas le seul parmi les huit mille employés du service propreté de la région parisienne à avoir de faux papiers, mais il préfère ne pas tenter le diable. Les collègues ne sont pas de mauvais *boug**, mais on ne *badine** pas avec la loi, surtout en ce moment.

Tout à l'heure, Désiré, Patrick, Ahmed et les autres iront faire le ménage derrière le marché de Barbès, ce marché aligné sous l'aqueduc en fer du métro aérien. Un sacré chantier là aussi. Ils interviendront en renfort des équipes dédiées au quartier.

Il y aura tous les cartons pêle-mêle à ramasser, les caissettes marquées d'étiquettes imprimées, les papiers de soie mauves ou vert sapin qu'on trouve autour de certains fruits, des palettes : le tout en vrac et en montagne, entre les colonnes. Des piliers comme chez les Grecs ou les Romains, il n'en sait rien, lui, et des monticules de détritus. On sentira que ça grouillait de monde, un vrai souk. L'air vibrera encore de la présence de la foule, même si seuls occuperont l'espace les courants d'air froid et les voix des travailleurs qui résonnent. Maintenant, à eux de se démerder : tout doit disparaître. Alors ils chargeront directement le camion benne, qui les suivra au pas. Mais ce sera bref. La marée humaine remontera aussitôt.

Les biffins* auront déjà débarqué, dès la fermeture du marché officiel à 13 h 30. Au fur et à mesure, ils s'installeront. Ceux des pays de l'Est sortiront leurs fripes et objets en tout genre. Ils seront là jusqu'au crépuscule. Le monde entier se croise sous le pont. Entre les colonnes de temple. Il faudra que l'équipe de nuit vienne nettoyer de nouveau. Mais il y aura moins de restes après ceux-là. Ils ne laisseront rien, ou presque. Marché de pauvres, pas de gaspillage. Les balayeurs du soir récolteront quelques cartons encore, mais surtout des papiers gras.

Barbès, même rituel, deux fois par semaine.

Désiré s'est fait une copine malienne ici : Bineta. Son mari est auvergnat. Il était militaire, souvent en mission en Afrique. Elle est magnifique, Bineta. Pas selon les critères des magazines de Blancs, bien sûr, mais parce qu'elle rit en permanence. Son rire secoue tout son corps. C'est comme ça qu'ils se sont rencontrés tous les deux. Parce qu'elle lui a offert son premier grand sourire de France, droit dans les yeux. Ce sourire lui avait réchauffé le cœur et le corps d'un seul coup. Le couple vend des fruits et légumes. Normalement, les Auvergnats tiennent des bistrots, lui a-t-elle dit. Mais elle préfère les ménagères aux piliers de bar. Voilà sept ans que, tous les deux, ils font les marchés. Les enfants sont grands, ils ont presque fini l'école. Bineta est fière parce qu'elle dit qu'ils suivent de bonnes études. En général, lorsque Désiré arrive, elle a fini de remballer, mais elle lui garde une ou deux mangues. En échange, il prend une minute pour les aider à charger la camionnette. Sur le temps de sa pause déjeuner.

Même rituel, deux fois par semaine.

Fin de journée. Désiré salue les autres.

« Bye, à demain ! »

Vague mouvement de tête, amical. Désiré sort du dépôt à Bagnolet, descend les marches, puis passe sa carte sur la borne, à travers la toile de sa poche de veste. Il attend sur le quai, le regard dans le vide, comme tout le monde.

Il voudrait bien s'asseoir. Au moins sur un strapontin. Sa carcasse est douloureuse.

Il n'est pas indifférent à Paris, mais y flotte comme un fantôme. Son corps musculeux et râblé de pêcheur de pirogue est inadapté à la cité, au climat, à l'ambiance. Heureusement, son métier demande de la force, de la résistance physique pour débarrasser la capitale des prospectus, de la crasse et du reste, qui collent aux trottoirs comme le chewing-gum sous les tables des écoliers. Cette fatigue-là est salvatrice.

Il a pu s'asseoir. Il repose son dos dans le fond du siège, étire ses jambes, cogne légèrement sa chaussure contre celle du monsieur en face. Celui-ci est noir aussi, alors il est moins mal à l'aise. C'est bête, il le sait, mais il ne peut s'empêcher d'être plus gêné quand c'est un Blanc. Il s'excuse et rabat ses jambes sous le siège. Il se dit qu'à tous les coups les Blancs ont la même réaction.

En dessous de l'assise, son talon touche quelque chose. Il étire discrètement le bras entre ses cuisses tout en se baissant légèrement. Ses doigts tâtent une matière souple, assez épaisse : il reconnaît le cuir. Ses yeux sondent les alentours. Mais personne ne le regarde. Le Noir en face s'est rendormi. Il hésite encore, puis finalement empoigne l'objet et le pose sur ses genoux. Un éboueur avec une sacoche en cuir, c'est bizarre, il en a conscience. Il ne s'en inquiète pas trop, car il sait aussi que ses habits de balayeur, sa combinaison verte jouent le rôle d'une véritable cape d'invisibilité à la Harry Potter. Il semble que le seul moment où les gens les voient, lui et ses semblables, c'est lorsqu'ils font leur pause déjeuner et avalent leurs sandwiches, les fesses posées sur un banc public. Certains leur sourient – une fois, une femme lui a même glissé un billet de dix euros, après une manifestation dans un quartier assez huppé ; un sacré foutoir – mais la plupart du temps, on sent surtout l'incompréhension, voire la réprobation dans le regard des passants. Les gens veulent les voir suer à grosses gouttes, pas s'asseoir et manger des sandwiches. Les gens veulent savoir que, s'ils payent des impôts, ce n'est pas pour rien. Ils veulent en avoir pour leur argent.

Désiré pose ses larges mains noires sur le devant du cartable et entreprend de deviner, sans trop bouger, ce qu'il y a à l'intérieur. Il sent la forme d'un ordinateur, d'un livre, d'un grand agenda peut-être.

Il est un peu comme un gosse qui découvre un coffre interdit, dans une vieille case abandonnée. Il est excité. Il ne se sent pas dans la peau d'un voleur, ne pense pas à la potentielle valeur marchande du contenu de ce sac, ou du sac lui-même, qui n'est pas de la première jeunesse. Il ne songe même pas qu'on pourrait le prendre pour un terroriste, avec les événements récents. Comme un môme, il imagine juste, glissée parmi les pages du livre, la carte : une carte au trésor. Il fantasme aussi sur des documents de services secrets, ou bien imagine la jolie fille qui lui payera un café lorsqu'il lui rapportera son bien. Ce pourrait être n'importe quoi, qui sait ?

Chapitre 3

De la praticité contemporaine des raviolis

Une des branches du pommier est cassée ! La grosse, tu sais, sur la gauche… Il a dû souffler fort ici. Tu imagines ? Il faut dire qu'il est tellement chargé cette année. C'est incroyable ! Je vais devoir faire des tonnes de compote. Une année avec autant de pommes, je n'ai pas dû en voir depuis… Oh, je ne sais plus, tiens ! Je me souviens de cette fois où même ton père, pourtant si fier de récolter ses propres fruits, râlait à n'en plus finir de la corvée de ramassage. Tu te rappelles comme il nous rebattait les oreilles avec ça ? Ce devait être cette fois-là, je veux dire la dernière fois qu'il y en a eu autant…

— Ton voyage s'est bien passé ?

Oui, oui. J'ai discuté un peu avec ma voisine. Elle a rendu visite à sa fille à Paris elle aussi, mais elle est de Rennes, enfin à côté,

La Mézière ou un truc comme ça. Eh bien, figure-toi qu'elle passait ses vacances dans le Finistère quand elle était enfant et…

Alex posa le téléphone sur le plan de travail de sa petite cuisine et déclencha le mode haut-parleur pour continuer la conversation tout en vaquant à ses occupations. Sa mère venait de rentrer à la maison, après son bref séjour à la capitale. Il sentait qu'elle était néanmoins lancée pour lui parler comme s'ils ne s'étaient pas vus depuis des mois, alors qu'ils s'étaient quittés le jour même. Pour lui faire plaisir, et l'épater un peu, il avait pris un congé et consacré ces trois derniers jours à lui offrir une véritable tournée des grands-ducs. Ils étaient allés voir la tour Eiffel avec les Japonais crépitants, le Sacré-Cœur, mêlés à un car de Bretons. Le Louvre enfin, coincés derrière une classe de banlieusards surexcités par la nudité de Psyché portée par les anges, commentant sans vergogne celle des Sabines, se contenant enfin devant la Vénus de Milo qui « a un handicap, t'as vu. Vas-y, un peu de respect ! ».

Guide et accompagnateurs étaient consternés. Les visiteurs, hilares.

Mère et fils avaient fini par Notre-Dame, dont ils avaient apprécié le faux silence empli de chuchotements et les bancs de prière où se reposer un moment.

Ce qu'elle avait préféré était Montmartre, parce qu'il y avait des arbres et une si belle vue sur la cité, et puis tous ces artistes : c'était aussi joli qu'une carte postale.

Alex soupçonnait sa mère d'avoir surtout adoré papoter avec deux des mamies du car breton, parler de Plouguerneau et découvrir qu'elles avaient au moins une vague connaissance commune, une coiffeuse du côté de Saint-Pol, qui semblait être la belle-fille d'une cousine éloignée. L'entente avait été définitivement scellée par la conviction partagée que le café de ce petit hôtel sur la plage de Plouescat était le meilleur du coin. Pour sûr.

Bref, sa mère aurait adoré la FIAC pour peu qu'on y expose des Froments du Léon, ces vaches du Nord-Finistère.

Mais elle avait joué le jeu et ils avaient passé des moments très agréables. Ils n'avaient parlé ni du livre d'Alex ni de ses amours. Ils avaient même ri en parlant de son père, ce qui était assez nouveau pour eux.

Aujourd'hui, il l'avait raccompagnée à Montparnasse. Ils s'étaient embrassés, deux fois sur chaque joue, de bon cœur. Elle avait monté les marches en métal. Il lui avait passé sa petite valise, une étiquette liée par un élastique à la poignée, comme celle que l'on attache aux bagages des long-courriers lorsque l'on va au bout du monde. C'était risible, mais attendrissant. Un type la lui avait rangée dans l'emplacement adéquat, il n'avait même pas eu à grimper. Elle lui avait fait un petit coucou. Les veines bleues étaient un peu plus proéminentes qu'avant sur le dos de sa main, mais elle avait toujours le sourire de son enfance. Cela aussi était attendrissant. Puis elle était entrée dans le wagon pour chercher sa place. Il avait eu le temps de la voir s'installer et entamer aussi sec la conversation avec sa voisine. Il lui enviait un peu sa facilité de contact avec les gens.

Il avait traîné au bout des quais, sous le grand panneau d'annonce des départs, jusqu'à ce que le train parte. Alex avait l'impression d'être déjà chez lui dans cette gare. Comme si l'air iodé y arrivait un peu, mêlé aux courants d'air. Quinze ans après, il parlait toujours de là-bas comme de chez lui. C'était ridicule. Mais d'ordre génétique apparemment. Sans doute à cause de la litanie poétique des noms de gares de la côte Ouest : Quimper-Hendaye-La Rochelle-Bordeaux-Nantes-Rennes. L'océan à portée de pif. Même en pleine ville, ça suintait la mer dans ces lieux-là. Génétique, on vous dit.

Chose certaine, ce qui lui rappelait la Bretagne n'était pas le groupe de musique des Andes qui faisait de la résistance avec des flûtes de Pan au pied des Escalators, imperturbable face au flux des passants indifférents… Ils étaient au moins quinze. *El condor pasa*, des reprises de chansons de Gray et Barbelivien – un comble – et tutti quanti. Une sorte de juke-box live d'un goût douteux, recrachant avec enthousiasme une soupe aux relents andins. Leurs cheveux noirs de jais, si lisses, leurs regards francs et leur bienveillance faisaient pourtant partie du décor. Il les avait toujours vus là. L'incongru trouve partout sa place.

— Tu m'écoutes ?

Sans attendre la réponse, elle reprit :

— Tu sais ce qui fait du bien ici ? Le silence. Enfin, à part les cris des goélands, et le tracteur de Rémi, et sa Yolande qui parle toujours si fort qu'on dirait qu'elle crie, et son chien aussi, surtout quand il rentre les bêtes. Il paraît qu'à Lucie, tu sais, ma copine de Kerpriniac, celle qui tient un gîte, des estivants se sont plaints du bruit du vent et des cloches le dimanche. L'église a toujours ses échafaudages, d'ailleurs, je me demande bien quand les travaux finiront. Avec les impôts qu'on paye, ils pourraient aller un peu plus vite. Mais tu sais il paraît que l'entreprise qui s'en occupe est en difficulté. C'est Mme Madec qui me l'a dit, parce que…

Sa mère enchaînait toujours l'énonciation des nouvelles banales comme on égrène les perles d'un chapelet. Non-stop, sans faire de pause. Il avait développé une capacité frisant le talent dans son aptitude à la laisser parler. Il lui suffisait de s'abandonner à ses propres pensées tout en l'assurant de temps en temps de sa présence au bout du fil par quelques mots ou onomatopées. Il semblait parfois à Alex que sa maman avait une check-list devant elle, et se mettait au défi de lui raconter chaque anecdote, sans tenir forcément compte d'un ordre logique, ni de ses marques d'intérêt à lui ; comme si parler sans réfléchir lui faisait juste du bien. Il y avait peut-être de ça. Lorsqu'on a vécu avec quelqu'un à ses côtés pendant des décennies, être seul nous laisse avec un trop-plein de paroles de tous les jours, qui ne demandent qu'à s'évacuer à la première occasion.

Pour Alex, ce n'était pas pareil. Il avait pris l'habitude d'être seul. Pire, il l'appréciait de plus en plus.

Samuel – son superpote qui possédait de surprenantes connaissances sur des sujets étonnamment variés – lui avait assuré que, dans certaines régions du monde, l'accès à l'intérieur de sa maison ou de son appartement était strictement réservé au cercle familial restreint : parents et enfants. On voyait ses amis en dehors, mais jamais chez soi. La vie sociale s'y construisait dans des lieux publics, comme les restaurants. Au Japon par exemple, où cet usage était lié à la fois à l'exiguïté en zone urbaine et à une forme de code culturel. Car, la plupart du temps, le Japonais n'avait d'autres raisons que la bienséance, et l'idée inconcevable de dévoiler sa vie privée. Ce curseur sur l'échelle de la pudeur était étonnant pour un Latin, c'est vrai. Mais, en résumé, c'était comme pour un Européen se balader à poil dans la rue. Si on laissait bien sûr de côté les naturistes, les expérimentateurs artistiques, et les Londoniens que rien ne choque. Sam était un ingénieur pédagogue. C'est sans doute pourquoi il ne l'était pas resté.

En tout cas, Alex avait adopté ce mode de vie solitaire depuis le départ de Clo, qui lui allait très bien pour l'instant. Le discours de son ami l'avait même en quelque sorte dédouané de ses obligations sociales et déculpabilisé de ne plus inviter personne.

Il ne se sentait plus aucun don pour les amours, les amis, tous ces gens avec qui on parle, avec qui on pondère ses avis, pour ne pas fâcher. À qui l'on cherche à cacher sa mauvaise humeur, son indécision, son manque d'ambition, parce que l'on doit continuer à séduire en quelque sorte. Non. Désormais, une partie de lui goûtait réellement à la saveur douce-amère de la solitude et s'y réfugiait. D'ailleurs, la dernière fois qu'il avait vu Sam, le ton était un peu monté. Ce dernier pensait, avec sincérité, que l'homme était profondément bon au départ. Ce qui lui faisait tenir des raisonnements particulièrement inadaptés à l'actualité ou à la réalité quotidienne, et un discours éculé sur la lutte des classes. Alors que Samuel venait d'exposer une énième fois l'arborescence organisationnelle de sa boîte et de détailler la façon dont son patron devrait la réorganiser, de manière que son fonctionnement corresponde mieux au rythme de chacun – ce qui sous-entendait, dans son cas, éviter de commencer la journée avant 11 heures –, Alex ne put s'empêcher, avec beaucoup moins de tact que d'habitude, de rétorquer :

— Depuis le temps que tu nous bassines sur ce thème, j'aimerais vraiment savoir pourquoi tu ne montes pas ta propre société, puisqu'elle serait si formidablement humaine ? Tu n'en as pas marre de critiquer le mec qui te paye ?

— Jamais je ne m'abaisserai à cautionner un système qui tue les petites gens. Monter mon entreprise ? Pourquoi ? Pour faire du fric ? J'ai ce qu'il me faut. Je n'ai pas besoin de plus... Pour dominer les autres ? J'aime mieux vivre avec eux...

— Mais regarde-toi, avec tes beaux discours ! Tu es déjà incapable de garder une gonzesse, alors vivre avec les autres ! Tu te sais déjà parmi les nantis avec ton salaire d'ingénieur, même si tu n'en as plus le titre, et ta spécialisation qui ne connaît pas le chômage ! Mais prendre des risques pour faire taffer les autres, c'est plus compliqué, hein ?

— En ce qui concerne la gent féminine, si je ne craignais de m'abaisser à ton niveau, je te dirais que j'en ai exactement autant à ton service. Pour le reste, ce n'est pas une question de courage, c'est une question d'engagement social et, plus personnellement, moral. Je refuse de diriger les autres, de leur donner des ordres sous prétexte que je les paye.

— Et quand tu commandes ta vodka-Martini en te prenant pour James Bond, tu crois que tu fais quoi ?

Nullement décontenancé, Samuel changea son fusil d'épaule.

— Attends, une boîte où tous seraient traités de manière égale, remarque, c'est à réfléchir... Ça existe, surtout dans les pays du Nord, je crois. Il faut que je me renseigne, tu as raison... L'année prochaine, je monte ma société. Après tout, l'expérience pourrait faire des petits. L'idéal serait que ce genre d'initiative remonte au niveau national et que l'État s'en empare enfin.

C'était tout Sam, ce genre de raccourci en épingle.

— Magnifique, tu viens de réinventer le communisme. Génial. Du jamais vu. Et tu crois que c'est si simple ?

— Ah ! Tu vois, tu es hypernégatif. Il faut savoir : tu m'encourages à m'engager dans l'entrepreneuriat ou pas ? Et puis l'administratif peut être vite géré, si on est bien organisé. Je suis sûr qu'il y a deux ou trois potes qui m'aideraient pour le plaisir de participer à quelque chose de bien. Allez, on parie ! D'ici à deux mois, le truc est lancé et je commence à embaucher des collaborateurs. On aura tous le même salaire. Ce sera formidable ! Tu ne veux pas lâcher le resto, toi ? Tu n'en as pas marre de sentir l'oignon ?

— Et ce serait une boîte de quoi ?

— Je ne sais pas encore, je vais y réfléchir... L'important, c'est le concept. Et aussi un nom qui sonne bien.

— C'est dingue comme tu manques d'objectivité ! Sois plus réaliste, merde ! Tu ne vis pas sur Mars. C'est pénible pour les gens d'avoir un pote qui se la joue Bisounours au pays des merveilles ! Tu me gonfles quand tu fais ton débile de base ! Le seul truc que tu es sûr de faire partager à tous, c'est ta connerie !

Contre toute attente, Samuel sortit de ses gonds. Sans doute parce que Alex n'avait jamais été aussi agressif avec lui, tolérant jusqu'ici ses dérives utopistes ainsi que son goût pour les boissons incolores d'origine russe. Une veine inconnue était apparue sur son front. Et elle semblait prête à éclater, battant au rythme d'une colère rare...

— Tu sais à quoi ça mène, l'objectivité et le réalisme ? Tu veux que je te le dise, vraiment ? À réaliser que la poésie, ce n'est que des mots. Que tout ce que l'on trouve de beau et de grand, tout ce à quoi on accorde encore foi, est dégueulasse. Que la meilleure des bouffes finit inévitablement par être de la vulgaire merde, que l'amitié est à 99 % dictée par notre environnement social et notre naissance, que nos parents sont des êtres foncièrement imparfaits, que l'amour, finalement, n'est que la recherche d'un putain d'échange de fluides visqueux, et que les gosses que l'on fabrique sont potentiellement ceux qui nous colleront un procès parce que nous les aurons obligés à faire du piano, alors qu'au même moment d'autres mômes sont violés, battus et torturés, et retrouvés dans des congélateurs. Tu veux d'autres exemples ou je redeviens moins réaliste ?

Il avait raison, ce con, s'était dit Alex. Mais il n'en était pas moins borné quand il était lancé. Au point d'être parfois insupportable.

Alex ne se souvenait plus lequel des deux avait tenu la position la plus caricaturale ce soir-là, ou lequel avait ingéré le plus de vodka, ni s'ils s'étaient serré la main avant de partir.

La voix de sa mère le fit revenir à la réalité :

— Je ne regrette vraiment pas de me l'être acheté finalement. Et puis un imperméable, ça sert toujours. Le temps est tellement souvent entre deux. On ne sait plus comment s'habiller. Il n'était pas choquant à Paris, si ? Je ne faisais pas trop paysanne ? Tu n'as pas eu honte de moi ?

Et sa mère rit, de son bon rire clair. Comme lorsqu'il rechignait, haut comme trois pommes, à l'embrasser devant les copains, à la grille de l'école, le matin. Invariablement, elle pouffait. Alors évidemment elle insistait, pour l'embêter.

Sa mère était incroyable. Pas un mot sur son séjour à la capitale. Elle ne faisait vraiment qu'un avec son monde. Tout le reste tournait autour.

En y réfléchissant, ce constat était vrai pour chacun d'entre nous. Les choses sont sans cesse ramenées à ce que l'on maîtrise, à ce que l'on aime, à ce que l'on vit : le reste est d'un intérêt limité, somme toute. Si la vie des stars dans les magazines passionne les lecteurs, Alex avait toujours pensé que la raison n'en était pas tant la part de rêve que ce type d'existence offre au peuple que l'impression éprouvée par chacun de les connaître, quasi intimement parfois. Leurs amitiés, leurs coups de blues, leurs faiblesses, leurs corps et âmes scrutés dans leurs moindres bourrelets et ridules. L'image devenait plus forte que la réalité. C'était le lot de la vie publique. Internet et les réseaux sociaux avaient incroyablement élargi ce processus. Mais le plus important était l'indestructible source de consolation qu'on y trouvait : savoir que les riches et beaux grossissent et se font larguer, eux aussi. Pendant que sa mère parlait du pommier et des chats, de la voisine et du voisin, de l'air qui fraîchissait et du soleil qui se montrerait tout de même, Alex pensait à mille choses, échangeait des SMS avec Samuel pour lui dire qu'il ne le rejoindrait pas au bistrot ce soir.

Puis, tout en checkant ses mails d'une main, de l'autre, il commença à réchauffer une boîte de raviolis. C'est cela qui lui demandait le plus d'efforts et de concentration. Avaler des raviolis, c'était le signe qu'il était lessivé, la preuve du renoncement total.

Sans cesser de prêter une oreille distraite au débit maternel, il sourit en songeant à sa propre voisine. Il l'avait croisée sur le palier tout à l'heure, après avoir gravi les marches en bois de l'ancien escalier de service qui, avec son reliquat de vernis et le métal ouvragé de son garde-corps, le ramenait à l'après-guerre, à quelque chose d'un peu désuet, à l'odeur d'encaustique. La voisine contrastait avec ce cadre. Elle était une grande fan des années 80, dans ce qu'elles avaient produit de pire en plus de l'assassinat de John Lennon. Alex l'avait trouvée à la porte de chez elle. Aussi criard qu'asymétrique, son ensemble – était-ce bien du mauve que cette couleur ? – s'accordait néanmoins à ses boucles d'oreilles triangulaires – une touche de jaune fluo pour la gaieté, s'il en manquait. Les cheveux sculptés en crête fascinante, élaborée à l'aide d'un gel fixateur de qualité. Ce soir, comme souvent, elle s'acharnait sur le trou de la serrure récalcitrante.

— Ah, c'est vous ! Bonjour... J'ai refait un jeu de clés, mais il ne fonctionne vraiment pas bien !

— Pourquoi ne prenez-vous pas plutôt les clés d'origine, si c'est plus facile ?

— Ah non ! Si je perds les clés, je préfère que ce soient les doubles !

— Ben oui !

Forcément.

Elle était jolie, ce qui la sauvait. La vie est totalement injuste avec cette histoire de beauté. Elle aurait pu enfiler un sac-poubelle qu'elle aurait encore eu de l'allure. Clothilde avait elle aussi cette beauté indéniable, et une sorte d'aura pour couronner le tout. Oui, décidément, on ramène tout à soi. Une punk en sac-poubelle le faisait penser à Clo.

— Je vais y aller, chéri, parce que j'ai des tas de choses à faire. Il me reste à vider ma valise, préparer à manger. Tu manges quoi, toi ?

Il avait failli oublier sa mère.

— Des raviolis.

— Des raviolis ? Ah, c'est pratique. Parce que déjà que tu passes ta journée à faire à manger aux autres, tu ne dois pas avoir envie de t'y remettre le soir ! Moi c'est pareil, depuis ton père, je n'ai pas vraiment de goût. Mais je fais la cuisine par habitude. Et…

Il savait par une longue pratique familiale qu'entre le moment où elle disait qu'elle y allait et le moment où il pourrait raccrocher sans la contrarier, la marge était d'environ dix minutes.

Il reprit donc le fil de sa pensée. Clo lui manquait quand même, parfois. Des détails infimes. Sa main qui passait dans ses cheveux châtains. Le grain de beauté derrière son oreille et la mèche souple qui le cachait. Son parfum sucré dans la salle de bains. La sensation de son corps à côté de lui le matin, avant d'ouvrir les yeux, juste avant la conscience réelle de sa présence. Son manque d'ambition lui avait fait perdre cette fille. Et puis un problème de communication. Ils se parlaient, s'écoutaient, partageaient, certes, mais en réalité il ne saisissait jamais totalement ce qu'elle voulait lui dire. Comme lorsque la personne avec qui vous conversez a un fort accent qui force à se concentrer. Vous vous exprimez dans la même langue, pourtant des détails infimes, intonations, tournures de phrase, vous troublent au point de vous rendre par moments incapable de vous fixer sur la signification des mots. Un intervalle à peine perceptible, mais troublant, comme dans les films mal doublés.

La personnalité de Clo lui échappait. Il se plantait sur les cadeaux à lui faire. Elle, de son côté, lui reprochait des choses qu'il ne pouvait pas changer, même avec la meilleure volonté, parce que c'était sa nature même. Clothilde était un animal vif. Elle n'avait pas assez de patience pour quelqu'un comme lui. Ils s'entendaient bien, mais ne se comprenaient pas.

Bien s'entendre ne suffit pas en ce siècle. Pas au début d'une histoire en tout cas. Après, peut-être, lorsqu'on a fait sa vie, que les enfants – s'il y en a – sont partis, ou les grandes ambitions éteintes. Le voilà qui pensait comme ses grands-parents. Bien s'entendre était un bel aboutissement plus qu'un point de départ excitant, lui semblait-il. Le plus triste était qu'ils s'aimaient quand même.

Ce décalage dans ses rapports avec Clothilde était à l'origine de son roman – *La femme qui parlait avec un accent étrange* – abandonné comme leur histoire d'amour. Deux histoires sans fin réelle.

Le téléphone parlait toujours.

— Bon, il faut vraiment que j'y aille. Je t'ai dit qu'ils ont refait la voirie devant la maison ? Alors, laisse-moi te dire que c'est n'importe quoi. Ils sont passés une première fois pour l'eau, eh bien, figure-toi qu'ils ont été infoutus de…

Alex envoya un dernier SMS à Sam, pour ne rien dire, une vanne juste pour le plaisir d'en rire.

C'est à cet instant précis, au moment de déposer au milieu de la table la casserole de raviolis sur le dessous-de-plat orné d'un drapeau breton noir et blanc, qu'il s'en rendit compte : il était rentré les mains vides !

Avec fébrilité, il reprit mentalement à l'envers le chemin parcouru dans sa journée : maman/Samuel/raviolis, chaussures dans l'entrée encombrée, voisine mauve/escalier d'après-guerre, rue, Escalator de la station (…), et soudain il prit conscience que sa sacoche était restée sous le siège du métro.

Un léger vertige le saisit. La sacoche. L'ordinateur. Son histoire. Ses notes. Son carnet aussi était dans le sac. Sensation de mollesse dans les jambes. Un espoir l'envahit, que seul un provincial pouvait éprouver : une bonne âme pourrait-elle rapporter son sac à un bureau de vente de Pass Navigo et autres titres de transport ? Il chercha avec fébrilité un moyen de joindre quelqu'un – un numéro de secours ? – puis comprit que ce serait compliqué.

— Chéri ?

— Désolé, maman, j'ai un truc urgent à faire, je ne m'en souvenais plus. Je raccroche. Bisous.

— Bisous, mon grand, et merci pour ton accueil ! Paris est très bien.

Alex enfila son manteau et ressortit en claquant la porte.

Chapitre 4

Le gris a ses nuances

Désiré rentre chez lui. Il est un peu fébrile. Une chambre de bonne au septième.

Un vasistas, un lavabo, des toilettes sur le palier qui puent toujours la clope. Mais après les hôtels dégueulasses pour sans-papiers, cette chambre, rien qu'à lui, est un luxe. La misère, la peur et la détresse, ça pue encore plus que la cigarette.

Il ne prend même pas le temps de se changer, ni de se rendre à la douche sur le palier. C'est pourtant toujours ce qu'il fait en premier, par respect pour lui-même. Une ville, c'est sale. C'est dans son ADN. Et cette crasse, comme la marée, revient, chaque jour, en vague immuable. Les autres ne s'en rendent pas compte. Ils ignorent que, sans Désiré et ses semblables, un tsunami de déchets les emporterait, ou les ensevelirait vivants. Lorsqu'il rentre, il a besoin de se laver, de se sentir propre.

De se débarrasser de la poussière et des odeurs. Frotter fort à la savonnette. Il n'y a plus que les très pauvres qui s'étrillent au savon, non ? Le savon exige de la vraie saleté. Il ne s'agit pas d'époussetage ou de coquetterie, mais de nécessité. Il éprouve de la satisfaction à effectuer ce rituel. Son corps noir blanchi de mousse.

Il paraît que les prostituées font la même chose quand elles rentrent chez elles. Logique : on a besoin de remettre son corps à soi au propre, comme on remet les pendules à l'heure, pour rétablir l'équilibre et continuer d'exister.

Mais là, aujourd'hui, Désiré est trop curieux, énervé comme un enfant.

Il s'assoit sur son lit. De toute manière, il n'a pas de chaise : pas la place. Il se cale au bout pour manger ou écrire, devant la table.

Cette fois, pour lire, il s'installe sur le grand côté, dans la largeur, dos au mur, en position canapé. Il pose de nouveau le cartable sur ses genoux et l'ouvre en appuyant sur le mécanisme en métal, qui émet un petit clic.

Désiré sort l'ordinateur et le met à côté de lui, sur le lit. Puis il sort le carnet rouge brique. Il n'y a rien d'inscrit sur la couverture, à part la marque du papetier. Dedans, les notes se croisent dans tous les sens. L'écriture est tantôt appliquée, tantôt bâclée, droite ou de travers… Désiré a su lire tard, il déchiffre lentement. Il a eu de la chance, parce que le temps d'école a été court, et il ne comprenait pas grand-chose.

Quelqu'un l'a aidé, après qu'il a failli passer tout entier dans sa haine.

La drôle d'écriture un peu penchée, mais aiguë, tout en angles, n'est sûrement pas celle d'une femme, ni d'un médecin puisque Désiré arrive à lire les mots. Les collègues lui ont dit que les médecins ici étaient illisibles, qu'apprendre à écrire aussi mal devait faire partie de leur formation.

Les annotations dans le carnet répondent à une organisation qui échappe à sa logique. Il s'agit d'une succession de pensées, de descriptions de lieux, de personnes... Des bouts de phrases. Un peu comme des esquisses de peintre, mais en mots.

Décidément, se dit Désiré, il ne doit pas s'agir d'un espion. Des messages codés ?

Il sait bien que non. Il abandonne à regret cette hypothèse fantasque quoique réjouissante.

Il y a des fientes de pigeon partout sur le toit, en dessous du vasistas. Désiré est monté sur une chaise pour fumer sa cigarette. La nuit tombe plus vite, et l'air du soir est frais sur son visage. Il en fume une par jour, méthodiquement. Le tabac coûte vraiment cher ici. Alors il économise les deux cartouches qu'il a prises à l'aéroport, plus celles que son cousin lui a rapportées. Du tabac de qualité, la classe ! Pas des mauvaises Matelot*, brunes comme des *Mazanbik**, qui arrachent la gorge, mais des cigarettes de luxe, blondes sexy alignées dans leur paquet cartonné rouge et blanc. Légères et parfumées.

Il savoure chaque aspiration. Un homme se doit d'avoir une drogue pour tenir dans la vie, et il n'a les moyens que pour celle-là. Il fume en équilibre sur une chaise parce que le vasistas est haut ; il n'a pas envie de faire comme les autres : gâcher son plaisir dans les W-C. Là, au moins, il a l'impression de prendre l'air, pardessus les mansardes et les déjections, taches blanches comme des tableaux sur le zinc. Il y a des oiseaux qui passent. Ils ne sont pas beaux, tout gris, mais c'est déjà ça. Même le gris a ses nuances. Il faut savoir y être attentif.

Des miettes de temps banales peuvent se transcender pour peu qu'on soit à l'affût.

Collectionner les jolies choses, il le faut pour se lever et y croire encore, malgré la logique implacable de la finitude et de l'inutilité, si l'on fixe quelques secondes la réalité de ses grands yeux ouverts. C'est ce que fait tout le monde, finalement. Mais Désiré les conserve précieusement et les distille sans parcimonie dans les courriers qu'il envoie chez lui, là-bas.

Un jour, il a accompagné Patrick à Montmartre. Il était et travaillait depuis très peu de temps en France. Son collègue avait une course à faire rue de Steinkerque, celle qui remonte depuis le boulevard de Rochechouart vers la place Saint-Pierre. Tout en marchant, Patrick a désigné une façade au fronton sculpté, juste à l'angle :

— L'Élysée-Montmartre, c'est une salle de concert, mais son truc avant, c'était les bals.

En remontant les pavés réguliers de la rue rendue étroite par le flot des touristes, entre les friperies, les boutiques de souvenirs, boulangeries et compagnie, Désiré a songé aux bals de chez lui. Que feraient de leurs larges jupes les mamies endimanchées dans ce bâtiment historique parisien… Pouvait-on y lorgner, comme là-bas, le contenu savoureux du pique-nique apporté par les autres familles – pratique culinaire érigée en art pour l'occasion ? On comparait, on appréciait, on riait haut et on dansait force *sega** et polkas. À quoi pouvait ressembler un bal enfermé dans un si haut bâtiment de pierre, où le ciel était sans doute banni du décor ? Comment pouvait-on y transpirer à son aise ? Ici, on devait pourtant valser aussi, et se laisser griser de vitesse, dans les mêmes cercles sans fin.

Le cinquantenaire dégarni s'est piqué au jeu de la visite et a emprunté la gestuelle d'un guide en commentant les vitrines d'un ton docte et grave pour faire rire son camarade. Dans la petite rue, Désiré a acheté une carte postale à l'intention de sa mère. Patrick a proposé de monter jusqu'à la basilique, tant qu'à faire.

Pourquoi pas ?

Désiré puiserait dans cette balade des choses à raconter. Les balayeurs se laissaient porter par le flot des promeneurs. Square Louise-Michel, pente verte pointillée de bancs, d'escaliers, de volatiles communs et de visiteurs cosmopolites, coiffée majestueusement des rondeurs du Sacré-Cœur, blanc comme les robes des mariées ou des communiantes catholiques dans certains pays du Sud. Une cathédrale avec des étoiles et des dômes, l'élégance du Taj Mahal et les coquetteries d'une pâtisserie à la crème. Voilà qui aurait plu à sa mère justement. Il lui dirait peut-être qu'il y assistait à la messe tous les dimanches. Pieux mensonge.

Patrick a entraîné Désiré dans le funiculaire, à titre d'« immersion parisienne de base ». Sur l'esplanade intermédiaire, entre les deux volées de marches, était posé un piano. On en avait placé dans différents endroits publics mais, à l'extérieur, Désiré en voyait un pour la première fois. Première fois aussi qu'il s'arrêtait pour écouter. Patrick et lui s'étaient assis, le dos contre le parapet de pierre, à même le sol. Un type banal s'était installé, quant à lui, sur sa valise, devant l'instrument. Le tabouret de piano avait disparu et sans doute trouvé refuge ailleurs, dans un squat ou un appartement d'étudiant. Le type banal s'est mis à jouer de la musique classique. Quelques badauds se sont arrêtés. Une maman dansait avec son bébé dans les bras. Un couple de Japonais filmait. Plus haut, de jeunes épousés se faisaient prendre en photo, là où la vue sur les toits et les cheminées fumantes atteignait le paroxysme de son potentiel de stéréotype romantique. Posté un peu plus loin, un groupe de quatre militaires en tenue de camouflage, coiffés de bérets verts et équipés de FAMAS, observait ces scènes, figés et blasés. Un pigeon s'était posé sur le piano et avait déféqué sur le vernis. Cette fois-ci le rendu n'inspirait rien d'artistique à Désiré, plutôt un petit sourire. Le type n'évitait pas quelques couacs.

On nageait en plein cliché. N'empêche, ce moment était une jolie chose.

Il ajouterait juste à son courrier une fille croisée quelque part, magnifique de préférence et sérieuse. Les mères aiment que leur gars mentionne une fille. Elles se sentent dans la confidence, et ça les rassure qu'il y ait une femme pour prendre leur relais.

Il a fini sa cigarette, descend de la chaise. Le carnet trouvé dans le cartable est posé sur le dessus-de-lit défraîchi. Le rouge brique va plutôt bien avec l'ancien rose indien.

Désiré fait durer le plaisir. Il va se doucher de l'autre côté du couloir. Il ouvrira l'ordinateur en revenant. Ses *savat** laissent des traces humides sur le lino de la chambre. L'eau de ses cheveux goutte un peu dans la nuque. Il passe sa serviette autour de son cou.

Il débranche sa lampe sans abat-jour.

Le soir tombe, l'obscurité envahit l'espace et recouvre la table, le lit, lui, comme une couverture. Elle n'est pas totalement noire. Elle est une pénombre grise, qui s'épaissira plus tard, avec les heures et les nuages qui voileront sans doute le bout de lune au-dessus du vasistas.

Les pigeons dorment maintenant. Désiré veut de l'intimité pour ouvrir sa malle au trésor. Il tâtonne un instant et branche les fiches du câble de l'ordinateur dans la prise. Il passe le gras de son index sur le petit bouton, là sous l'écran du portable. Plusieurs fois en va-et-vient, puis se décide, appuie. Une diode bleue s'allume. Puis l'écran... L'ordinateur prend son temps. Il se réveille. Enfin, s'éclaire. Désiré scrute le rectangle lumineux. Il a un peu mal au dos, tordu sur le côté. Alors il cale son oreiller contre le mur sali de traces, insectes écrasés et marques des vies passées avant lui. Il s'installe contre l'oreiller mou, repose la machine sur ses genoux. Il reconnaît quelques raccourcis classiques – Ahmed a une tablette et lui a montré des trucs au boulot, pendant la pause. Il y a un dossier « Courriers », un « Photos », un autre « Recettes ». Et puis celui-là, tout seul dans son coin, nommé en capitales.

Désiré parcourt les photos. Des images de Paris, de gens dans un bar. Des façades, des fenêtres. Des vues de bord de mer aussi. De grandes vagues en bas d'une falaise grise. Un jardin. Une fille qui revient souvent. Elle est belle, dégage une énergie. Elle sourit sur chaque cliché. Désiré tente de deviner lequel de ces types est le propriétaire de la sacoche. Il est convaincu que ce sac n'est pas celui de la fille des photos. L'écriture ne peut pas être la sienne.

Il est pris d'un léger sentiment de honte en ouvrant le dossier « Courriers ». Il se dit que ça frise sérieusement le voyeurisme, bien qu'il ne connaisse pas le mot. Mais il ne s'agit que de factures, EDF, Orange, et de trucs officiels comme les courriers d'un notaire pour une succession. Bref, rien d'intéressant. Désiré décide alors d'aller voir de quoi il s'agit dans le dossier titré en capitales.

LA FEMME QUI PARLAIT AVEC UN ACCENT ÉTRANGE

Il clique sur l'icône Word. Il ne s'attend à rien de spécial, bien que l'intitulé soit un peu surprenant. Le texte a l'air assez long. Ce n'est pas un simple courrier, en tout cas. Désiré commence à lire l'histoire. Car, manifestement, c'est une histoire.

Chapitre 5

LA FEMME QUI PARLAIT AVEC UN ACCENT ÉTRANGE (1)

Sophie Van Er Meer était ce que l'on appelle une femme brillante.

Ses cheveux parfaitement brushés attrapaient la lumière lorsqu'elle les faisait bouger avec discrétion (résultat du travail d'un formidable petit coiffeur du Ier arrondissement où l'on pouvait « vivre une expérience beauté incomparable » et se faire coiffer tout en sirotant un cappuccino à la vanille Bourbon, engoncé dans un fauteuil doré ET molletonné).

Son vernis à ongles, rouge et prix plus que vifs, était assorti à la semelle de ses Louboutin.

Son regard de passionnée et d'érudite brillait lui aussi.

Bref, Sophie Van Er Meer faisait cligner les yeux de tous ceux qu'elle approchait.

Lycée privé dans le XVIe, école Boulle, deux années de spécialisation dans l'art contemporain à New York et Tokyo. Un parcours brillant, à l'évidence.

Directrice de sa propre galerie dans le Marais, Sophie Van Er Meer est la star montante de son milieu professionnel, ayant su regrouper autour d'elle une dizaine d'artistes surprenants et hétéroclites.

Les Vaches à piège de Hiruso Tokinawachi avaient conquis François Pinault. La très sérieuse Éléonore de Fresnes exposait actuellement ses toiles fluorescentes au Palais de Tokyo. Les jumeaux Gaby, aussi déjantés qu'échevelés, avaient cartonné à la FIAC avec leur montage de grues et coulage de béton alternatif, puis créé la polémique en dédicaçant leur dernière œuvre à un boucher soviétique du siècle précédent... Et puis elle avait Steeve Temps, l'incontournable numéro 1 de la scène artistique contemporaine en matière d'arts plastiques. Happenings sauvages et collages de résidus d'origine humaine. Elle avait su le repérer avant tous les autres, à l'époque même où il ne produisait que ses vidéos fantomatiques aux fameux tons verdâtres.

Sophie Van Er Meer jouissait à présent d'une réputation sans faille grâce à son intuition.

Elle avait un réseau tout aussi impressionnant du côté des collectionneurs ou potentiels acheteurs d'un jour : chanteurs, actrices, industriels en recherche d'investissement culturel.

Elle côtoyait même intimement les quelques véritables connaisseurs, passionnés et historiens spécialisés.

Chaque matin, dans son grand appartement, avant que le jour ne se lève, Sophie se servait elle-même un thé vert grand cru dans de la porcelaine de Chine, tasse et théière fines, ornées de motifs floraux bleus en arabesques. Il y avait deux tasses à l'origine, jusqu'au jour où son mari avait brisé la seconde, en la heurtant involontairement, alors qu'il tentait de saisir, dans le buffet design réservé à la vaisselle d'apparat, la carafe à saké. Depuis, elle lavait elle-même ces pièces, rinçant simplement l'intérieur de la théière, comme il convient, et les rangeait à part, avec interdiction au personnel d'y toucher. Ébouillanter la théière marquée de tanin, ajouter deux cuillerées de feuilles vert sombre, enroulées sur elles-mêmes, chrysalides en flèches, puis verser l'eau frémissante. Les feuilles se dépliaient dans l'eau, jusqu'à doubler de volume. Après avoir replacé le délicat couvercle, elle enroulait sa main droite autour de la tasse vide, passait l'un de ses longs doigts dans l'espace de l'anse. Elle attendait les quatre minutes nécessaires à la bonne infusion du Lung Ching, ou « Puits du dragon ». Ces quatre minutes lui servaient à élaborer la stratégie du jour. Le thé léger, orangé pâle, lui permettait de voir le fond de la tasse et lui donnait le solide sentiment de maîtriser l'ordre des choses. Translucidité et lucidité vont de pair. Que chaque élément prenne sa place dans le temps. Que rien ne soit oublié. Longues gorgées. Elle appréciait l'amertume du thé et s'étonnait chaque fois que le liquide brûlant puisse lui apporter de la fraîcheur. Son palais s'éveillait. Son esprit suivait. Puis le reste. Deux tasses. Comme une superstition qu'elle s'autoriserait. La journée pouvait commencer.

Elle déjeunait généralement chez Raw. Elle mangeait bio, végétarien, et sans gluten. Elle avait une nette tendance crudivore. Elle brunchait néanmoins chez Rose et Lilas. Une Parisienne qui ne mange pas de macarons n'en est pas une sur la scène internationale. Parfois, lorsqu'elle recevait des Américains, elle acceptait d'aller boire un café décaféiné sur le toit de Beaubourg, au Georges. Seuls les Gaby jubilaient à l'entraîner systématiquement dans le *steak house* le plus saignant de la capitale, pour le simple plaisir de la pousser dans ses retranchements. Ils étaient cependant de si bonne compagnie qu'elle y grignotait sans rechigner une salade verte avec un peu de sauce soja.

Le péché mignon de Sophie Van Er Meer était le vin. Il lui procurait presque autant d'émotions que les œuvres d'art. Tous les soirs, Sophie Van Er Meer avait un ou deux vernissages notés sur son agenda. Pas d'enfant. Un chat. Elle lisait uniquement des ouvrages d'art ou des catalogues d'exposition. Elle vivait dans un triplex du quartier chic et à la mode situé derrière Beaubourg, avec son mari, armateur de son état. Lorsque c'était le bon jour, elle appréciait de passer un moment avec lui. Il était très à l'aise financièrement, propre sur lui, et le plus souvent en déplacement dans des pays du monde plus argentés qu'exotiques, en tout cas pour ce qu'il en voyait.

Ils faisaient l'amour tous les jeudis soir, après un dîner à la chandelle et un dernier verre de château-latour.

Sophie Van Er Meer adorait sa vie. Elle adorait son métier, ses artistes, son mari, ses amis, les sushis sans poisson. Dans cet ordre ou un autre, selon les jours.

Certaines personnes la jalousaient ou bien trouvaient cette vie superficielle. Sophie se moquait des jugements, elle s'éclatait et se sentait heureuse.

Les gens riches, bien portants et épanouis agacent. Sophie Van Er Meer était extrêmement agaçante.

Sophie Van Er Meer sortait d'un vernissage. Les artistes étaient intéressants. Comme ce tatoueur et peintre sur corps iranien, qui travaillait aussi à l'encre sur de la couenne de lard qu'il faisait venir en contrebande. Il brossait aussi des représentations interdites de Dieu sur des cadavres afin de les exhiber nus aux funérailles. Pour cela, il risquait le lynchage dans son pays. Ou comme Philippeti et ses sculptures numériques. Elle avait déjà vu son travail à Venise l'année précédente. Enfin, dans le parc accolé au lieu d'exposition, qui avait été investi pour l'occasion, se dressaient les sculptures monumentales de Damiens Lavert : des créatures féeriques en plomb prêtées par sa propre galerie. Quelques retardataires se tenaient encore devant les œuvres.

Ils prenaient cette pose de mise dans ce cadre précis, songeurs, le regard porté derrière l'œuvre elle-même, ou l'air de ne pas y toucher. Ils ponctuaient leurs observations de petits mouvements de tête approbateurs. On pouvait adopter cette attitude en demeurant debout face à l'œuvre exposée, les bras croisés, main sous le menton, pouce et index de chaque côté du visage, ou assis sur un banc. S'extasier ou s'exclamer, commenter tout de suite et tout haut son ressenti tenait du mauvais goût. Les frères Gaby, qui étaient de la partie, faisaient très fort des remarques déplacées et se bidonnaient franchement en observant les réactions des visiteurs. Les Gaby adoraient le mauvais goût, et on les invitait principalement pour ça. Des *bad boys* de l'art contemporain.

On se serait cru dans une *party* – *dress code* noir et blanc. Au prochain vernissage, je mets ma veste rouge, pensa Sophie.

Un morceau de céleri était coincé entre ses incisives. L'ôter avec un ongle était exclu, car elle aurait à coup sûr rayé son vernis carmin. Une de ces toutes petites choses de la vie qui peuvent rendre un moment important absolument pénible. C'est à cause de cet infime fragment légumineux qu'elle décida de partir un peu avant la fin. On n'était pas jeudi, elle n'avait pas vraiment de raison de rentrer maintenant, mais il était déjà tard, et elle se sentait un peu lasse. Cette semaine, elle avait enchaîné les événements, les rendez-vous. Rentrer tôt lui ferait du bien.

Sophie Van Er Meer se faisait ces réflexions en traversant la rue. Elle longea les voitures pour arriver à sa jolie BMW, puis se ravisa. Ce Lavert tout de même, il avait quelque chose de spécial. Le plomb n'était pas une matière si communément travaillée. Elle décida de jeter un dernier coup d'œil et retraversa la rue d'un pas énergique, jusqu'à la grille du petit parc jouxtant la galerie.

L'éclairage avait été conçu de manière un peu surréaliste pour le modeste jardin public, afin de mettre en valeur les immenses statues exposées.

Un elfe aux ailes démesurées projetait une ombre fantasmagorique sur des personnages plus petits, difformes, des trolls peut-être. Elle s'écarta pour mieux observer la perspective et sentit dans son dos le froid du plomb d'une autre sculpture, un imposant cheval ailé.

Il aurait fallu laisser plus d'espace. L'œuvre de Lavert ne supporte décidément pas la restriction, elle ne souffre pas le manque de recul, commenta-t-elle intérieurement.

Les deux Gaby étaient sortis. Les frangins tchèques pouffaient encore. Ils avaient manifestement un peu abusé du champagne. Elle s'en rendait compte en les entendant se chamailler dans son dos. Elle les connaissait bien. D'un point de vue personnel, ils étaient ses artistes préférés. Ils avancèrent vers elle, jouant comme d'habitude les potaches. Elle ne prit pas la peine de se retourner. Elle essaya de se concentrer une minute encore sur ses impressions artistiques. Au moment où Pavel dépassa son frère Lubor afin de contourner l'œuvre devant laquelle se tenait Sophie, ce dernier lui donna un coup d'épaule si franc que Pavel, surpris, perdit l'équilibre, et la masse de ce colosse venu de l'Est vint s'écraser contre l'œuvre monumentale qui, à son tour, tangua dangereusement sur son piédestal.

Avant qu'aucun des deux hommes n'en ait conscience, c'est dans une débauche de lumières aux couleurs changeantes, façon Macumba Club, que le drame se produisit, comme au ralenti.

Le Pégase de plomb, de quasiment trois mètres, s'abattit sur Sophie Van Er Meer et son risible mètre soixante-quinze, Louboutin *included*.

Le destrier fantastique gisait à présent au sol. Il avait perdu de sa superbe. Le rire des frères Gaby s'était tu brutalement. Ils semblaient paralysés. Les deux géants, ahuris, se confondaient avec les statues environnantes.

À côté de la créature mythologique déchue, la directrice de galerie était allongée, une jambe légèrement repliée sous elle, parfaitement immobile. À un mètre à peine de son corps, entre l'allée et le gazon fraîchement tondu, une élégante chaussure à talon dessinait sa ligne cambrée, esseulée, version sophistiquée de la pantoufle de Cendrillon. Placé par le hasard au centre du halo d'un spot lumineux, le rouge emblématique du soulier renversé éclaboussait la nuit d'une traînée écarlate.

Lorsque Sophie rouvrit les yeux, elle était dans un univers bien plus calme. Blanc, et sentant le désinfectant industriel.

L'ultime image qu'elle avait perçue avant le choc mettait sans conteste possible en évidence que le Pégase qui s'était écroulé sur elle était un mâle. Détail qui lui avait précédemment échappé.

Elle avait passé ces dernières heures – combien ? – dans le flou d'une semi-conscience teintée de délires oniriques. Derrière ses paupières closes défilaient des paysages où des hommes bicéphales chevauchaient des montures étranges sur des chemins en forme d'arc-en-ciel. Elle avait peut-être entendu des voix familières et vu autre chose, plus loin. Mais déjà ces visions s'échappaient. Son corps et son esprit se concentraient sur la boule de douleur située au milieu de son crâne.

Sophie se rendit compte alors qu'elle était allongée, mais pas dans le parc. Elle referma les paupières, aspirant à retrouver ce sommeil désordonné qui la soustrairait à l'emprise de la souffrance-étau. Mais son corps ne lui obéit pas, et la douleur continua à pulser au rythme de son cœur.

Sophie entendit la porte s'ouvrir. Une aide-soignante entra, blouse verte. Elle souleva les paupières. L'auxiliaire fit le tour du lit pour le retaper. Tira un peu sur les draps et dut arriver au niveau de son visage pour s'apercevoir que la patiente la regardait.

— Oh ! Vous êtes réveillée !

Sans même lui parler davantage, elle fila dans le couloir. Elle revint rapidement, précédée d'une infirmière, blouse rose.

— Bonjour, madame Van Er Meer ! Comment elle se sent ? Elle veut un peu d'eau ?

Sophie réussit à hocher légèrement la tête. La puissance des coups redoubla, c'était comme avoir un tambour à l'intérieur du crâne.

L'infirmière humidifia d'abord ses lèvres en les tamponnant avec une compresse imbibée d'eau. Elle introduisit ensuite une paille dans sa bouche. Sophie aspira et l'eau lui fit l'effet du meilleur vin, tant son être tout entier réclamait cette gorgée.

Elle voulut demander depuis combien de temps elle était ici, ce qui s'était passé, mais ce qui sortit fut :

— J'ai mal.

— Et elle a mal où ?

— La... tête. J'ai mal à la tête.

— D'accord, alors elle ne bouge pas, la petite dame, elle reste bien sage, et je vais aller lui chercher de quoi la soulager.

— De l'eau, encore, s'il vous plaît.

Une voix en Sophie répondait : « Et arrêtez de me parler comme si j'avais cinq ans. Je vous en serais extrêmement reconnaissante. »

Elle n'était pas en état de le penser, encore moins de l'exprimer de manière intelligible. Chaque mot lui coûtait un effort important. Mais le ton infantilisant était presque aussi insupportable que la douleur elle-même. Elle demanda qu'on la relève un peu, espérant alléger ainsi son crâne de la pesanteur. Peine perdue. Elle pria qu'on la replace comme elle était auparavant. Était-ce la souffrance ou une modification de son audition, Sophie ne reconnaissait pas sa voix ? C'était de toute manière le cadet de ses soucis pour l'instant.

La blouse rose sortit, tandis que la blouse verte tentait encore d'arranger l'oreiller derrière sa tête lancinante.

La blouse verte s'éclipsa à son tour.

Le temps passait au rythme saccadé de l'hôpital : les soins, les prises de température et d'antalgiques, les repas sans saveur ni relief, les nuits intermittentes hachées par les angoisses, et les bruits incessants dans les couloirs. Si les douleurs s'atténuaient jusqu'à disparaître les unes après les autres, l'impression d'avoir un drôle d'accent, elle, ne passait pas.

Sophie ne s'en rendit pas vraiment compte tout de suite. Un épais matelas d'ouate semblait s'être installé au fond de son crâne, affectant son audition, son goût et parfois même sa vision, qui se troublait et rendait les choses floues, comme le dérèglement d'une vieille télévision.

En quelques jours, pourtant, Sophie reprit la maîtrise de ses sens. Ses bras, ses jambes, son corps tout entier réagissaient de nouveau. La douleur estompée puis réduite à néant par la résorption de l'hématome avait libéré le flot de ses pensées.

Elle l'avait échappé belle, un tel choc sans séquelles graves relevait du miracle. Elle était sans doute sous la protection d'une bonne étoile.

Mais l'accent, lui, ne passait pas.

L'équipe médicale avait d'abord mis ce phénomène sur le compte du choc et de ses conséquences mécaniques sur la mâchoire. Par la suite, les radios n'ayant rien révélé d'anormal, on pensa à d'éventuels effets secondaires dus à la prise d'antidouleurs. Mais lorsqu'on n'eut constaté aucune trace de blessure sur la partie basse du visage et que la patiente n'eut plus besoin des médicaments, force fut d'admettre qu'il y avait autre chose. Ce symptôme était bien lié au traumatisme crânien en lui-même.

Sophie était devenue une légende à l'hôpital. Deux aides-soignantes d'un service voisin firent même semblant de venir chercher du matériel afin de l'entendre parler.

Pour les Françaises « pure souche » et les Portugaises de l'étage, elle était l'« Antillaise ». Pour les Antillaises comme Philomène, Sophie était la « cousine ». Car son accent, bien que différent, présentait effectivement des similitudes avec le leur. Bien sûr, toutes prenaient soin de ne pas faire de commentaire devant Sophie Van Er Meer. Il existe une déontologie, tout de même. Mais Sophie entendait bien – de ce côté, aucun problème. Dans le couloir, les rires qui fusaient ne lui échappaient guère. Blouses roses et blouses vertes se marraient bien.

Et puis Sophie avait des visites.

Elle les sélectionnait, prétextant la fatigue. Son mari était venu la voir en premier. Il était rentré en catastrophe de Singapour. Puis, tranquillisé sur la gravité de l'état de sa femme, il était reparti pour Dubai.

D'autres personnes s'étaient succédé à son chevet : son assistante, quelques galeristes proches, sa sœur qu'elle rencontrait une fois l'an, une voisine qu'elle croisait sans la voir chaque semaine et qui lui apporta son courrier, l'assureur. Les frais et les éventuelles séquelles seraient bien entendu pris en compte par le lieu du vernissage, qui lui-même poursuivrait l'entreprise chargée de l'événementiel qui avait fixé les statues et installé les jeux de lumière dans le parc. Enfin, quelques artistes intimes étaient passés la voir, dont les frères Gaby, qui s'étaient confondus en excuses et lui avaient offert un énorme bouquet multicolore.

Les Gaby, après réflexion, avaient conclu que l'accident était un signe.

Le grand format écrasait le regard et les êtres ! Alors ils avaient décidé de se lancer dans la réalisation de miniatures, qui obligeraient l'humanité à se montrer attentive aux petites choses de la vie, à autrui et à plus d'introspection. Les frères Gaby gagnaient en humilité, c'était un comble. S'ils tenaient parole, Sophie entrerait dans l'histoire de l'art contemporain pour avoir servi de prétexte à ces furieux passés d'une folie à une autre.

Ils n'avaient pu s'empêcher, avant de la quitter, de commettre une de leurs blagues d'écoliers farceurs, en faisant croire à l'infirmière chargée des soins que la malade s'était enfuie en chevauchant un pied à perfusion qu'elle prenait pour un cheval volant. Sophie était seulement aux toilettes. La pauvre blouse rose avait failli déclencher une alerte.

Pour le reste, les réactions avaient été contrastées : « Mais tu parles un peu bizarrement, non ? » s'était étonné son mari. « C'est naturel ? Voilà une chose fantastique, ma chérie ! Du soleil dans ton corps ! De l'art, tu vois ! Dommage que tu n'existes pas en miniature, on t'aurait intégrée à la prochaine expo ! » plaisantèrent les frères Gaby.

La patiente subissait en effet un phénomène étrange. Sa voix était la même, mais ses intonations lui échappaient. Un surprenant mélange de mots bien à elle et de modulations qu'elle ne reconnaissait pas. Une espèce de créole venu d'on ne sait où. Elle qui n'aimait que les pays du Nord. Le froid. La neige. Les étendues immaculées sous un ciel délavé. Elle se retrouvait la bouche pleine de sonorités venues de quelque île perdue. Des cocotiers dans le gosier.

À l'hôpital, on la changea de service, car ses fonctions vitales marchaient comme une machine bien huilée, ainsi que tous ses sens. Pourtant, il lui semblait que son cerveau déraillait.

Quelqu'un d'autre avait pris possession de sa voix, ce qui la rendait folle. Elle mettait toute son énergie à s'exprimer normalement. Mais échouait chaque fois qu'elle ouvrait la bouche.

La porte était blanche. Elle avait l'impression de ne voir que du blanc depuis des jours. Elle qui goûtait le minimalisme et les lignes épurées, elle rêvait de gâteaux rose et vert, de toiles bariolées à la James Turck et de matières ondulantes aux couleurs exubérantes. Elle attendait donc un miracle sur sa chaise blanche, un miracle.

Que le neurologue lui trouve une solution sûre et rapide pour régler son problème.

La porte s'ouvrit sur le visage anguleux et le buste droit du professeur, dont la réputation n'était plus à faire.

— Madame Van Er Meer ?

Elle acquiesça. Le médecin savait pourquoi elle était là. Avait-il des cohortes de patients aux cordes vocales délirantes ?

— Veuillez entrer, s'il vous plaît.

Elle se leva et pénétra dans le bureau.

— Asseyez-vous.

Il lui parlait comme un généraliste consulté pour un rhume. Mi-froid, mi-condescendant. Insupportable. Décidément, le personnel médical trouvait difficilement le ton approprié pour parler aux patients.

Le spécialiste s'éclaircit la voix, puis se lança :

— Nous avons enfin pu regrouper les résultats des différents scanners et IRM. En particulier, l'IRM cérébrale. En fait, elle a révélé un hypersignal important sur les séquences pondérées T2 dans la matière blanche prérolandique gauche. Les lésions apparaissent clairement. Je dois vous avouer que j'y ai songé rapidement... Mais l'affection est tellement rare...

Il s'était radouci.

Elle restait là, les mains sagement posées sur les genoux.

— Je ne comprends pas.

— Pour faire simple, vous souffrez d'un FAS, qui veut dire *Foreign Accent Syndrome.*

En français, le syndrome de l'accent étranger. Vous avez maintenant un accent que vous ne possédiez pas avant.

— Ça, j'avais compris, merci.

Elle ne pouvait s'empêcher de gigoter un peu sur sa chaise, mal à l'aise.

— Ce syndrome exceptionnel appartient à la famille des aphasies. Il s'agit d'un trouble du discours.

— Réversible ?

— Grâce à un travail suivi et à l'aide d'un bon orthophoniste, probablement. Mais on manque de cas pour avancer des réponses sûres à l'heure actuelle.

— ...

— Madame ?

— Mais d'où vient cet accent ? Je n'ai jamais mis les pieds dans les îles. C'est totalement illogique.

Elle faillit pleurer en s'entendant parler : on aurait cru qu'elle avait passé sa vie dans une case tropicale.

— Vous ne parlez pas réellement avec un accent étranger, madame, même si c'est l'impression produite. C'est seulement votre prosodie qui change, la mélodie de votre langue. Le problème est lié à la parole, non au langage. Mais la collègue spécialisée dans les cas rares, que j'ai moi-même consultée au sujet de votre dossier, vous l'expliquera mieux que moi. Je vous adresserai à elle, à La Salpêtrière. C'est une personne extrêmement compétente.

— ...

— Vous savez, les conséquences de votre accident auraient pu être bien plus dramatiques. Il faut relativiser.

— Relativiser ?

Sophie tremblait.

— J'aimerais vous y voir.

Il était manifestement gêné. Un silence pesant s'abattit dans la pièce.

Sophie savait que le médecin était de bonne foi et faisait son travail, mais elle avait tant espéré une solution : médicament, opération, délai assuré de retour à la normale, qu'importe. Tout plutôt que cette incertitude et ce regard vaguement compatissant. La maladresse de l'homme en blanc lui était insupportable. Sophie Van Er Meer avait envie de lui balancer son incompétence à la figure, lui hurler que malgré ses innombrables années passées les fesses posées sur un banc d'amphithéâtre, il était incapable de proposer, au-delà d'un diagnostic, un remède sérieux à une pathologie imbécile. Il osait arborer à sa porte une plaque portant le titre de professeur, de spécialiste, etc., se penser crédible, alors qu'il n'avait pas de solution concrète à l'apparition anormale d'un accent ! La colère prédominait à présent, noyant l'insidieux sentiment de vertige.

Certes, elle n'avait pas un cancer, la mort ne la menaçait pas, mais ne pas se reconnaître, se réveiller autre, sans savoir qui était cette personne nouvelle... Ce type raidi par son savoir pouvait-il seulement imaginer ce qu'on éprouvait ? Une sorte de petite mort. Elle ressentit le besoin de le ridiculiser. Elle sentait qu'il y allait de son équilibre mental, celui que le FAS tentait de déstabiliser. À moins d'étrangler cet individu. La première idée saugrenue qui lui vint fut d'imaginer le médecin longiligne doté d'un accent à couper au couteau. Elle se repassa la dernière minute de leur conversation, doublée d'une bande-son en créole, et se mit à rire nerveusement.

— Vous avez aussi l'adresse d'un bon psy ? demanda-t-elle enfin.

Désiré reste un moment immobile devant l'écran blafard de l'ordinateur.

Le texte s'arrête là.

Cette histoire mentionne des lieux de Paris qu'il connaît peu. Mais il voit bien le genre des quartiers. Chics et majestueux. Il a l'impression d'un conte avec châteaux et princesses. Et personnages loufoques aux métiers fantaisistes qui n'existent pas réellement. Une réminiscence de *grands Blancs** pourtant.

Chez lui, au pays, il partageait une chambre avec sa fratrie. Sa petite sœur dormait avec sa grand-mère, dans le même lit. Dans la pièce principale de leur maison, ses parents rabattaient un matelas posé contre le mur pendant la journée. Au mur, une image du Christ le représentait très beau et lisse, avec une tunique turquoise, des yeux bleu très clair, et une magnifique auréole jaune et orangé. Sa mère avait dû l'acheter dans une boutique à Curepipe ou peut-être à un vendeur de rue, à Port-Louis. Dans la cuisine aussi, une photographie accrochée au mur jaunissant, dans un cadre agrémenté de coquilles bonheur, représentait un coucher de soleil sur les filaos de Flic-en-Flac, là où la communauté allait pique-niquer en minibus au moment des fêtes de Noël. Elle avait été découpée dans *L'Express** ou *Le Mauricien**. Enfin, il a le souvenir d'une aquarelle fixée dans le hall d'entrée de l'école, représentant un champ de canne avec Pieter Both* en arrière-plan. Ce sont les seuls tableaux qu'il connaît.

Mais ce que Désiré connaît bien, en revanche, ce sont deux sentiments.

Le décalage avec le monde qui vous entoure, mais aussi la frustration inéluctable qu'il éprouvait tout gosse lorsque Ma lui racontait des histoires et s'arrêtait au moment où la sorcière arrivait. C'était terrible. Pas tant l'arrivée de la sorcière que l'histoire interrompue juste là. Le moment était venu de dormir.

Dodo baba aster !*

Et on ne plaisantait pas avec la mère.

La suite ! Il lui faut une suite. Une frustration d'enfant. Immense. Désiré se rend compte qu'il n'a pas attendu de suite depuis longtemps, et le désir qu'il croyait mort vient de se réveiller, comme un petit animal qui a hiberné. Un désir qui s'étire à l'intérieur de lui.

Désiré s'endort, lové en point d'interrogation, pelotonné autour de son envie d'arriver au lendemain : juste pour connaître la suite de l'histoire.

Chapitre 6

Pas chassés

Alex n'avait pas retrouvé son sac. Courir avait été vain. Les quelques personnes interrogées avaient ri ou l'avaient regardé de leur air le plus désolé. Clo se foutait de lui à cause de sa manie d'emporter son ordinateur partout. Elle l'engueulait pour qu'il enregistre son histoire quelque part. Les engueulades avec Clo lui manquaient un peu. Parce qu'elles finissaient toujours sur l'oreiller, là où ils n'étaient plus entravés par les mots.

De toute manière, la vie normale, celle dont on dit que c'est la vraie, continuait. La vie qu'il avait acceptée parce qu'elle avait tourné comme ça, un peu comme le monde, un peu comme tout le monde.

Il reprit donc le chemin du travail dès le lundi. Ce n'était pas si mal. Il aimait bien ses collègues. Son patron n'était pas un con. Évidemment, côté culinaire, il aurait préféré quelque chose de plus chiadé – à cause de son penchant artistique. Mais, en décongelant les préparations de rognons, les oignons préhachés et les sauces blanches en sachet, il ne prenait pas de risque. Les clients étaient contents. Ils donnaient leur avis sur Internet et le restaurant ne désemplissait pas. La clientèle était de passage plus que fidèle, mais de toute manière, en cuisine, les clients, on ne les voyait pas beaucoup.

Alex était attaché aux conversations banales des pauses clope, aux afters avec les serveurs dans des lieux plus ou moins branchés. Au plaisir visuel du coup de reins que Lucille donnait lorsqu'elle poussait les portes battantes pour sortir en salle, chargée de ses assiettes.

En route, il fut surpris par le cheminement de sa pensée qui le mena de l'agréable courbe du fessier de Lucille à la gracieuseté du battement d'ailes d'une libellule, méandre inspiré par le bord virevoltant de la jupe de ladite Lucille, et par les deux *l* de son prénom. L'écosystème de l'insecte le mena ensuite à son pote Samuel, qui ressassait à chaque bordée la citation du roseau qui « plie, et ne rompt pas ». C'était le summum littéraire de Sam, datant sans doute de la sixième. Enfin, il sauta du dernier gaillac ensoleillé englouti avec plaisir dans un bistrot de Bastille, au meilleur vin ayant jamais glissé sur son palais, un rouge ténébreux, sombre comme du sang. Un pomerol de 2000.

Celui-là, il l'avait bu avec Clothilde. Elle avait piqué la bouteille dans la cave de son paternel, richissime alcoolique mondain repenti, reconverti dans l'œnographilie – la collection d'étiquettes de vin – pour de banales raisons de santé. Elle avait rapporté la précieuse fiole vide, pour l'étiquette justement.

Alex tenta de se remémorer le point d'amorce de ses réflexions. Mais il l'avait déjà oublié. Le mouvement de reins avait disparu. Et la libellule, et le reste.

Alex pensa qu'il y avait bien du monde dans une vie, mais que lui, il n'en retenait pas grand-chose. À part peut-être le goût de ce rubis gustatif sur sa langue. C'était déjà pas mal.

Le lundi n'était pas un jour si calme : ce jour-là, la plupart des autres restaurants du quartier fermaient. Dès l'ouverture, les habitués venaient prendre leur café en terrasse, sous l'auvent lie-de-vin, et ce, quel que soit le temps. Les Parisiens faisaient de ce premier café de la journée une quasi-religion.

Le matin, la cuisine était rythmée par les préparations. Après le week-end, le chef de rang contrôlait les stocks, passant en revue les bouteilles et la chambre froide. Puis il s'asseyait sur un tabouret pour appeler les fournisseurs. Derrière, les gars commençaient par préparer les fonds de sauce. Ils concoctaient ensuite les plats du jour en fonction des restes du week-end, en un savant tour de passe-passe tenant du recyclage culinaire de haut vol.

Alex hachait menu des herbes longues, faisait jouer souplement son poignet au-dessus de la planche, l'abattait à rythme régulier, ne pensait plus à rien d'autre. Le secret était de ne pas se contracter, d'exécuter le geste comme s'il était naturel. Faire à manger lui avait toujours vidé la tête. Nourrir les autres demande une énergie qui ne laisse point de place aux tergiversations.

Aujourd'hui, ils étaient quatre à s'activer dans la cuisine tout Inox. Chacun connaissait par cœur la chorégraphie qu'il devait exécuter. Tout était à sa place, depuis la plus petite douille à pâtisserie jusqu'au grand escogriffe qui s'occupait des grillades. Le décor était fixe et, si la pièce variait parfois, les rôles restaient les mêmes.

Avec le temps, on apprenait juste à économiser ses gestes, à gérer le timing d'une entrée en scène, à maîtriser les pas chassés pour ne pas quitter des yeux les casseroles. Chacun savait que les coups de gueule monumentaux faisaient partie de la danse et que, s'il n'y en avait pas, on rigolerait beaucoup moins après le service.

C'était une brasserie à l'ancienne mode. Alex en avait conscience. On ne risquait pas d'attraper une étoile. Il s'agissait avant tout d'une auberge d'habitués, une bonne cantine, un hôtel de voyageurs, une valeur sûre.

Tables rondes en faux marbre et chaises Thonet pour la terrasse et la partie véranda.

À l'intérieur, s'alignaient des tables carrées en rang d'oignons et des banquettes recouvertes de velours côté mur, sous les miroirs. Un bistrot parisien avec l'enseigne en lettres d'or, pas loin de la bouche de métro. Un « Terminus ».

Alex préparait un lapin à la moutarde. Ensuite, il attaquerait la raie aux câpres, le poulet sauce blanche, puis le gratin dauphinois, la soupe à l'oignon et la blanquette de veau.

Valse d'odeurs. Gestes maîtrisés. Alex tirait un certain plaisir de l'automatisme.

La pause était presque toujours sympa. On la faisait après les prépas et le déjeuner d'équipe pris tôt, vers 11 heures, avant le début du bal. Alex y racontait des bêtises, plus souvent encore écoutait celles des autres. On riait d'un rien. On fumait à côté des poubelles, dans la petite arrière-cour aux pavés déchaussés.

Ici, le service du midi était intense, du non-stop de 11 à 16 heures.

Il fallait servir les quelques touristes qui s'étaient égarés près de la gare du Nord. Les locaux les plus pâlichons venaient prendre une dose de bouffe franco-française, parce que dans ce quartier à la population hétérogène, les Indiens mangeaient indien, les Africains africain, les Chinois chinois, loin de l'image d'une cité monde. Cependant, tant que le couscous restait dans le *top ten* des plats préférés des Français, on pouvait garder un espoir, même ironique.

Alors que les cuistots et serveuses prenaient l'air en guise d'échauffement, l'établissement était calme. Les deux ou trois locaux de l'étape cuvaient leurs apéros du petit déjeuner. L'ordre était immuable : café/Ricard, puis petits blancs ou rosés frais, parfois des ballons de rouge premier prix. Ils parlaient politique, puisque les prochaines élections approchaient. Ils parlaient foot et pouvoir d'achat de ces gens qu'on voyait là, qui ne faisaient rien. Ils parlaient de la pluie et du beau temps pour ne surtout pas penser à celui qui passe, mais tout de même, parfois, encenser le passé.

Quelques enseignantes du collège-lycée proche passaient pour partager un thé, meilleur qu'au distributeur de la salle des profs. Elles discutaient des cours et de leurs élèves, s'amusaient des couples qui se formaient au sein des classes. Elles évoquaient le dernier film ou spectacle vu, le dernier livre lu, parlaient de leurs enfants à elles, encourageaient et soutenaient les collègues débutantes, et celles qui craquaient. Elles songeaient à ces pauvres gens qu'on voyait là, qui n'avaient rien, surtout aux mineurs isolés. Elles avaient également des conversations sur le soleil ou le gris du ciel, mais à l'école elles restaient à l'abri du temps, qui glisse sur la permanence des bancs du savoir, car les idées ne vieillissent pas. Les élèves du même établissement se rassemblaient là aussi, par petits groupes, ignorant les profs qui pouvaient s'y trouver déjà. Ils sirotaient des diabolos et sortaient de temps à autre pour fumer des cigarettes, achetées fièrement au tabac d'à côté. Ils s'intéressaient peu à la politique, mais condamnaient globalement les puissants : hommes de pouvoir, profs de maths, paternels/reums relous*. Ils parlaient de musique et de forfait téléphonique, de ces gens qu'on voyait là, de leur âge pour certains, qui ignoraient le français, parfois même ne portaient pas de chaussures. Là, c'était les boules quand même. Quand ils ne communiquaient pas par WhatsApp ou Snapchat avec leurs camarades prisonniers des salles de cours, ils bavardaient aussi de leurs amours, de fringues, de blogueurs à la mode. Ils ne se souciaient pas du temps, ayant tout le leur, au moins jusqu'à la prochaine sonnerie, puisqu'ils n'avaient pas envie de sécher le meilleur moment de la journée, à savoir la récré.

— Quarante euros le sac de croquettes pour Rocky ! Et encore c'est un caniche…

— Le PSG ? Ouais, ils jouent bien pour des mecs qui ont un handicap…

— Patron, une autre !

— … avec le poids d'un melon pareil, c'est pas évident de courir droit.

— Si, ce prix Inter EST abordable. Je t'assure.

— Plus de tél le soir. La *hass**. J'te jure.

— La petite sœur !

— Pour un moins 2 en bio. Le truc qui sert à rien, la bio. Sur les grenouilles. Ils croient vraiment qu'on va en croiser beaucoup entre La Chapelle et La Courneuve ?

— Je ne sais pas. On a déjà lutté avec *Le Petit Nicolas*...

— C'est quand même con. Dans les pays où ils chopent pas la crève parce qu'il fait tout le temps beau, ils meurent de faim. Comme quoi, on ne peut pas tout avoir !

— Mon clebs me coûte plus cher que ma petite-fille, qui vient tous les midis !

— Ouaich, aussi il a trouvé le paquet de clopes de Kévin. Je lui ai dit « c'est pas à moi ». Il a fait genre : « tu fumes ! », tout ça. Attends, j'ai douze ans, c'est bon ! Surtout que le vieux, il est à un paquet et demi !

— Des cas de gale ont été détectés. Mieux vaut les réunir dans quelques endroits bien maîtrisés. Pour des raisons sanitaires.

— « Vous êtes une sale pute » ? Ne pas le prendre au sens littéral. Elle l'a dit en bon français, t'as vouvoyée, c'était franc : bon début pour ouvrir le dialogue !

— Ces nouveaux migrants n'ont pas notre culture.

— Dans les chiottes, je lis des livres. Enfin, un. De blagues. Ça, c'est un écrivain ! Pas comme ceux qui écrivent des trucs sur leur mère, tout le temps, et encore on comprend rien.

— Un avant-dernier pour la route !

— Aider les réfugiés devrait être une priorité. On devrait agir dans l'établissement. Dommage qu'on n'ait pas le temps.

— Allez le dernier, ce coup-ci. Pas que ça à faire !

— Combien de jours avant les prochaines vacances déjà, les filles ? Ah oui, quand même. Un autre Earl Grey ?

— On bouge, ça va sonner.

— Quelqu'un a l'heure ? Non ? Personne ? Bon, alors j'ai le temps d'en boire un autre.

Ensuite, arrivaient en masse ceux qui bossaient aux horaires de bureau. Dans les banques, les assurances, les quelques boutiques environnantes. Quelques commerciaux en costard. Tous pressés par le temps. Ils parlaient vite s'ils étaient à plusieurs. Ils parlaient vite de taux bancaires, de dossiers et de pouvoir d'achat. Certains soupiraient en mentionnant ces malheureux types, disaient qu'il fallait que ce scandale cesse, certains n'avaient pas le temps de les voir. Pas le temps non plus de parler de la météo. Ils y prêtaient peu attention, travaillant à l'intérieur. On voyait quelques couples, tout de même. Ceux-ci n'avaient plus grand-chose à se dire – ce qui ne signifiait pas qu'ils s'aimaient moins –, profitaient de l'ambiance et des conversations des autres. Les anciens papotaient parfois avec les touristes ou les familles égarées. À part Dédé le grincheux, qui venait tous les midis et détestait les enfants parce qu'ils font du bruit et ne tiennent pas en place.

Alex ne pensait presque plus à son histoire. Mais il avait senti un vrai nœud au ventre hier. Toute la journée. C'était ballot. Il s'était couché avec. Est-ce qu'il en était des histoires de papier comme des filles ? Une de perdue…

S'il n'avait pas oublié ce sac, aurait-il terminé ce conte, de toute manière ?

Il ne pouvait pas refaire sa vie dans l'angle mort. Sa vie telle qu'elle aurait pu être. Celle dont il ne pouvait se souvenir, même en essayant de toutes ses forces, parce qu'elle n'avait jamais existé ainsi. Ce qui aurait pu être, et même ce qui avait été, mais qu'il n'avait pas vu. Toutes ces réalités annexes à côté desquelles il était passé. Vision inaccessible et perdue, à jamais, de petits riens, de grandes choses, de rencontres, d'amours éventuellement qui n'avaient pas connu de réalité… Écartées de justesse, à une virgule près. À chaque seconde qui filait, des milliers de scénarios qu'il avait évités.

La vie de tous les possibles.

La vie où il serait déjà mort peut-être.

La vie telle qu'il n'avait pas osé la vivre, parfois.

Alex tire des parallèles pour lui-même. De nouveau, il se dit que, comme avec Clo, les choses devaient se terminer comme ça, sans fin véritablement justifiée. Un roman inachevé en somme. Lui qui aime tant Aragon. Il y a des histoires qu'il vaut mieux ne pas finir, pour éviter que la fin ne soit triste ou, pire, banale.

À présent, il a pris l'habitude d'être seul. Il s'est même habitué à légitimer ses renoncements.

Le nœud au ventre l'avait torturé encore pendant la nuit. Mais ce matin il s'était remis naturellement, presque avec facilité, en mode automatique.

Chapitre 7

Voleurs de pommes

Désiré se rend de temps en temps à la soupe populaire. Quand son budget ne lui permet pas de finir le mois. Quand il a envie de voir du monde. Quand sa colère le rejoint dans sa chambre et refuse de s'en aller.

Depuis qu'il a trouvé le cartable en cuir, c'est l'inverse. C'est une respiration nouvelle qu'il a besoin de fêter avec d'autres humains. Quelque chose de positif. Alors, dès le lendemain, il se dirige vers la « soupe ». Cela faisait longtemps car, avec les événements de Calais, les endroits où l'on peut se nourrir sont devenus des points de survie pour les centaines de réfugiés. Désiré se dit qu'il va tout de même tenter sa chance ce soir.

Il retrouve quelques visages connus, un salut de-ci, de-là, et une collection de tronches abîmées par la vie et le reste : des mômes qui piaillent et courent partout comme si de rien n'était, des vieilles qui rigolent de leurs bouches édentées, des rides, des fronts lisses de fugueurs, un peu paumés, des mecs attaqués par la drogue, avec des trous semblabes à ceux de la petite vérole dans leurs joues creusées, avec des bras passoires, décharnés, sans autre force que celle de la désespérance, des mères courage, debout, pimpantes dans leurs nippes, des naufragés souriants, des regards perdus, hagards ou définitivement battus aussi, des habitués. Le tout dans un antre, plus chaud que dehors, certainement.

L'équipe des bénévoles, toujours sympa, est très réduite aujourd'hui. On lui dit qu'une partie d'entre eux est allée à la porte de la Chapelle, au centre d'accueil des migrants. De toute manière, là-bas, ils sont continuellement débordés. En comparaison, ici, ça passe presque pour le Ritz.

Hachis, salade verte. Et Coca ! Grand soir. C'est exactement ce qu'il lui faut. Du coup, Désiré est enjoué, il plaisante avec la mendiante qui traîne souvent au marché de Barbès. Elle fait des grimaces incroyables et connaît Bineta. C'est sa copine aussi. Alors, ça crée des liens.

Une nouvelle vient s'asseoir avec eux, une bénévole. Il a tout de suite envie de lui parler. Elle ressemble à une fille de chez lui. Typée *Malbar**. Il a l'impression d'être un peu sur son île, assis là, à la longue table en bois, dans ce hangar de squat où il n'y a jamais d'Indiens. Comme d'autres minorités, ceux-là se débrouillent dans la communauté.

Désiré l'aborde sans son appréhension habituelle, porté par l'enthousiasme de son secret.

— Tu ressembles à quelqu'un de chez moi...

— Ah bon, quelqu'un en particulier ?

— Non, je ne crois pas. Il s'agit d'une impression plus générale. Il y a des filles comme toi chez moi.

— On me dit ça souvent, en fait ! Des Indiens, des Sud-Américains, des Espagnols parfois, même des Roumains... Une fois, un Chinois ! Il me semble qu'il s'agissait davantage de drague. Quoi qu'il en soit, j'ai l'habitude, je crois que j'ai un physique un peu bâtard.

Le mot fait sourire Désiré. En France, le terme semble moins injurieux que dans l'océan Indien.

— Je n'aurais pas dit ça comme ça.

— Oh ! Vous pouvez, je prends plutôt pour un compliment d'avoir l'air d'être de partout. C'est mieux que de venir de nulle part.

Elle lui plaît bien, cette fille.

— Comment tu t'appelles ?

— Marie.

— Ça aussi, c'est universel, non ?

— Presque. Tout le monde ici arrive à le dire à sa façon, c'est pratique. Geneviève n'a pas cette chance. Va faire prononcer Geneviève à un type qui n'a jamais parlé que bambara ou pachtoune.

Désiré rit avec la clocharde qui les observe d'un air bienveillant.

— Bon, je vous laisse, les jeunes, j'ai du boulot.

— Tu vas où, *Tantin** ?

— Bosser un peu du côté de la gare et puis me pieuter. Il ne fait pas encore froid et j'aime mieux respirer le grand air. Je déteste faire la queue pour le dortoir. Mais si tu y tiens, beau gosse, tu peux me tenir chaud ce soir !

Désiré se marre encore.

— Non, allez, je déconne, j'ai déjà un rendez-vous galant. Qu'est-ce que vous croyez ! Hein, mon chéri ?

Elle se dirige vers l'entrée en boitant légèrement. Ce qui pourrait ressembler à un caniche anciennement abricot l'attend sagement en la fixant avec dévotion, au milieu des autres bâtards et chiens d'attaque garés à l'extérieur avec leurs maîtres à piercings.

Ceux-là n'ont pas le droit d'entrer avec leurs clebs. Ils pique-niquent donc sur le trottoir, sous les réverbères. Les bénévoles leur apportent des plateaux. Ils leur donnent même des boîtes pour les toutous. Mais il faudra nourrir les bêtes plus tard, plus loin. Sinon, on aboutirait à la bataille rangée. Le voisinage a déjà porté plainte plusieurs fois, contestant avec véhémence le principe de dînette urbaine.

Marie est passée du vouvoiement au tutoiement en un clin d'œil. On lui a expliqué en formation que c'était mieux pour mettre les gens à l'aise.

— Tu vois, quand je suis venue ici, c'était pour faire ma B.A...

— Ta quoi ?

— B.A. Une bonne action. Une chose qui te donne un peu meilleure conscience lorsque tu refais le monde régulièrement avec tes semblables, ceux qui ont tout. Un toit, à manger, un boulot, une famille et des amis. Tout ce qui t'empêche d'être ici, en somme. Mais, à présent, je me rends compte que si je continue à venir, ce sera pour des gens comme Rose. Pour le plaisir de les connaître, et un peu moins pour me faire des beaux sourires dans la glace, dit-elle en regardant la vieille s'éloigner.

— Tu travailles ?

— J'étudie. Les sciences sociales. Peu de débouchés, mais très intéressant. Sinon, avant de venir ici, je faisais des ménages pour arrondir mes fins de mois.

— Et maintenant ?

— Non.

— Pourquoi ? Chez moi, on a toujours une bonne raison quand on quitte un travail. Mais je suis indiscret...

— Non, ça va.

Elle fait une pause. Elle semble quand même hésiter. Mais elle sait qu'il faut tisser des liens. Du coup, elle répond.

— En fait, mon dernier job a été un peu spécial. J'ai été embauchée à l'hôpital. J'étais contente parce que c'est un travail régulier, qu'on peut faire la nuit. Et vraiment bien payé, en plus.

— Alors, qu'est-ce qui s'est passé ?

— J'imagine qu'il faut que je raconte depuis le début. Quand je suis arrivée, on m'a donné ma tenue et remis le protocole. Un truc classique, je m'attendais à quelque chose de plus chiadé dans un hosto. Tu sais, on t'explique les procédures de désinfection, les temps d'application des produits, tout ça. Ensuite, on m'a dit d'aller chercher une clé à l'accueil. J'y suis allée. Le gars, derrière l'espèce de comptoir de l'entrée, me regardait bizarrement. J'ai essayé de ne pas en faire cas. Il m'a souhaité « Bonne chance... », ce que j'ai tout de même trouvé un peu étrange. Je suis montée dans l'aile, puis j'ai suivi le couloir qu'il m'avait indiqué. L'hôpital était immense. J'avais peur de me perdre avant même de commencer. Je me suis concentrée sur les numéros des portes. Lorsque j'ai trouvé le bon, j'ai ouvert.

» Je suis entrée dans un genre de salle d'attente. Quelques sièges, une table basse en bois sombre, pas de magazines. J'ai fait ce que j'avais à faire : j'ai appliqué la procédure, puis j'ai poussé la porte suivante. Elle donnait sur un bureau très sobre. Pas de dossiers, rien. Juste le bureau, une chaise derrière, trois devant, une contre le mur, deux boîtes de mouchoirs. J'aurais dû tilter quand j'ai vidé la poubelle pleine de Kleenex. Pourtant, ce n'est que dans la salle d'après que j'ai vraiment compris. Il s'agissait d'une pièce immaculée : je veux dire toute blanche, intégralement, surfaces « lisses et lavables » comme ils disent dans le jargon. Un lit en métal qui sentait le détergent. Pas de matelas ni de drap. Il y faisait un froid de canard. J'ai tout désinfecté, comme il était précisé de le faire, plafond compris. Je ne pouvais plus nier l'évidence : je savais à présent où j'étais. Mon haleine créait de la buée lorsque j'expirais. Tout en frottant, j'ai tenté de m'autopersuader que c'était une tâche comme une autre, qu'il fallait bien que quelqu'un le fasse. Mais je tremblais un peu en ouvrant la troisième porte. Et pas uniquement à cause de la température de la pièce. Dans la chambre mortuaire, j'ai d'abord remarqué les néons d'une couleur bizarre. Ensuite seulement, j'ai vu le lit en métal et, dessus, un drap recouvrant la forme d'un corps. Je n'étais absolument pas préparée à voir ça… Tout en moi, chaque fibre musculaire a crié : « Sors ! Sors ! »

» Mais le pire, c'était que je sentais monter en moi une curiosité malsaine. J'avais envie de soulever ce drap. Savoir si c'était un homme ou une femme. Constater son âge. Cette personne était-elle plus jeune ou plus âgée que moi ? J'avais besoin de savoir comment elle était morte. Le corps était-il nu sous son linceul ? Voir ce qu'il reste. Une macabre fascination. Tu vois de quoi je parle ? Un impérieux besoin de constater par moi-même comme une passante attirée par le lieu ensanglanté de l'accident. Me repaître de l'image de la mort, sans considération pour la dernière intimité de la personne là-dessous. Juste être au premier rang.

» Alors j'ai tout laissé en plan, j'ai filé et j'ai arrêté du jour au lendemain mon contrat avec la société de nettoyage. Après coup, j'ai su par des amies qui sont en école d'infirmières que c'est un usage courant. Les dernières recrues de l'équipe de ménage héritent souvent de la morgue, dont personne ne veut. Une sorte de bizutage.

— Bizutage ?

La jeune fille a les yeux dans le vague, un certain trouble semble l'envahir. Comme si elle venait de s'apercevoir qu'elle a parlé à un inconnu. En fait, elle trouve logique de leur raconter des choses pour créer la confiance. Mais elle se dit qu'elle est peut-être allée trop loin. Il va falloir mieux doser à l'avenir. Puis elle se ressaisit.

— Un jeu à la con auquel ne participent que les nouveaux.

Il faut qu'il lui parle. Il voit que cette expérience n'est pas facile pour elle. Il lui doit quelque chose à présent qu'elle s'est livrée. Il se sent redevable.

— Parfois, reprend-il doucement, il me semble que c'est l'indifférence au contraire qui est malsaine.

Il décide, pour couper court à sa gêne, de se lancer :

— Un jour, chez moi, un homme est tombé sur le trottoir. Un *bonom mizer** qui *bezait larak** plus qu'à son tour. Personne ne s'est arrêté, car on pensait qu'il était soûl. Une fois de plus. Il avait de la bave aux lèvres. Une sorte de mousse blanchâtre. Ce sont deux femmes, des Blanches passant en voiture, qui se sont arrêtées. Il était tard pourtant, elles auraient pu avoir peur. Ce n'est pas trop l'habitude, chez nous, deux femmes seules, dans un village, quand il fait presque noir. L'une a pris la main de cet homme, qu'elle ne connaissait pas, et lui a parlé sans s'arrêter. Elle a tenu sa tête pour l'empêcher de s'étouffer, pendant que la seconde appelait les secours. Et moi, je n'étais qu'un gosse, je regardais. Je me prenais déjà pour un homme parce que je venais d'arrêter l'école. J'ai eu honte de nous. De nous autres, les gens du village. Parce qu'on est passé à côté de son corps sans même ralentir.

» C'était un arrêt cardiaque.

» Il n'est pas mort. Enfin si, un peu plus tard. Vu ce qu'il picolait… S'il n'est pas mort ce jour-là, ce n'est pas grâce à nous, mais à des gens comme toi, qui s'interrogent et veulent savoir ce qui arrive à l'autre, qui il est et ce qu'il fait là, des gens qui s'intéressent.

Silence. Marie et Désiré se regardent droit dans les yeux.

Bon, elle n'a pas fait de bourde. Le gars a l'air correct, et pas bête.

— Tu es dehors, toi ?

— Non, j'ai une chambre. Et un boulot. Je m'en sors bien.

— Tu parles vraiment bien français...

— Mon créole est cousin du français, et puis j'ai été à l'école. Pas longtemps, mais un peu quand même. En fait, il y a surtout une personne qui m'a aidé et donné des cours quand j'ai voulu partir. Elle me disait que j'étais très doué et que j'apprenais vite.

— Et tu fais quoi ?

— Un emploi qui me permet de visiter tout Paris...

— ...

— Je suis balayeur.

Il utilisait ce terme les rares fois où il devait se présenter et indiquer sa profession. Il ne saisissait pas l'intérêt de se qualifier comme technicien de surface, et n'aimait pas le terme éboueur.

Il redoutait une certaine condescendance de la part de Marie, mais ne constata pas plus de réaction que s'il lui avait annoncé qu'il était propriétaire d'un salon de thé ou dentiste.

— Comment tu t'appelles ?

— Désiré.

— C'est vrai ?

— Quoi ?

— Que tu étais désiré ?

Oups, un peu brutale, la question. Il fallait qu'elle fasse gaffe.

Elle y allait cash la petite Indienne, on voyait bien qu'elle était française.

— Oui, je crois. Je suis même sûr. Tout le quartier, aussi misérable qu'il soit, a fait la fête pour mon baptême. Ma mère me parlait des belles robes à dentelles de mes cousines, des *gajak** que chacun avait apportés, et de mon oncle, complètement soûl. Elle me racontait ça le soir, parfois. Elle était fière. Mais tu sais, chez moi les gosses, c'est un truc qui va, qui vient. On n'y réfléchit pas trop. Et toi, alors ?

— Ma mère, elle ne s'attarde jamais sur le passé. Mais je suis adoptée, alors des histoires sur mon baptême... Vraisemblablement, l'affaire a dû se régler chez les sœurs.

Allez, c'était dit. Il valait mieux le caser tout de suite. Au moins, après ils ne posaient plus la question.

— Tu aimes les histoires ?

— Évidemment. Sinon je ne serais pas ici.

— Alors il faut que je te fasse lire quelque chose.

— D'accord. Demain ? Je suis là demain.

Marie était déroutante. Toutes les Françaises se montraient-elles aussi spontanées ?

Désiré hésita :

— Pas ici. L'ordinateur ferait trop d'envieux.

Elle réfléchissait à toute vitesse. En général, on n'accordait pas de rendez-vous à l'extérieur de la structure. Mais dans un lieu public elle ne risquait rien, et puis elle pourrait certainement lui apporter un peu plus qu'une assiette. Elle parlerait de lui à la prochaine réunion.

— Dans ce cas, au café ? Vers 18 heures, avant que je commence mon service, tu peux ? Après on m'attendra ici.

Désiré acquiesça.

— Super ! À demain…

Elle se leva et se dirigea vers les tables d'école alignées en guise de buffet, saisit au passage une corbeille de pain vide pour la ranger. Elle se retourna et le salua d'un petit signe. Puis elle reprit ses occupations comme si de rien n'était.

C'est ainsi que Désiré et Marie ont partagé l'histoire de *La femme qui parlait avec un accent étrange*. Tout naturellement.

Dès la fin de sa lecture, Désiré savait ce qu'il demanderait à l'auteur. L'idée avait germé très vite dans sa tête : il poserait une condition à la restitution de l'ordinateur. Ce qu'il ignorait encore, c'était comment s'y prendre. S'il avait appris à parler un français soigné, qui semblait parfois incongru dans sa bouche, il le devait à une enseignante passionnée, retraitée du lycée français. Elle l'engueulait copieusement en gros créole lorsqu'il se trompait, mais elle l'avait sauvé par les mots et aidé à démarrer. À l'époque, Désiré n'écrivait pas correctement. En créole, on écrit comme on entend. C'est simple. Le français aime les exceptions et les règles invraisemblables, il résonne de sa longue histoire dans chaque mot. Désiré respecte et admire le français tout en le jugeant un peu prétentieux. Aux services de l'immigration, on ne lui avait pas demandé de s'exprimer à l'écrit, bien qu'il soit entré en France avec un visa étudiant.

Désiré ne peut pas envoyer à l'auteur une lettre pleine de fautes. Il ne veut pas. D'ailleurs, celui-ci refuserait peut-être sa requête si elle n'était pas correctement formulée. Il a apporté du papier blanc de photocopieuse, pris à l'entrepôt avec l'autorisation de la secrétaire.

Marie a accepté de l'aider à rédiger sa lettre, avec une facilité déconcertante, sans hésiter un instant.

— Tu ne trouves pas qu'on dirait du chantage ? demande Désiré.

— Ah si ! Clairement ! Mais c'est tellement romanesque, carrément génial ! L'idée est passionnante. Un écrivain, il est fait pour écrire, non ? ajoute-t-elle sur le ton naïf d'un enfant, en léchant la mousse rouge de son Monaco.

En fait, Marie classe son intervention dans l'assistance à la rédaction de documents. Le cas diffère des dossiers habituels à remplir ou des courriers administratifs à déchiffrer. Un peu plus amusant. Tant mieux.

Pour la première fois, Désiré ne se sent pas obligé de mentir ou de dissimuler. Marie ne lui pose pas de questions embarrassantes, elle ne lui a même pas demandé d'où il venait. Est-ce parce qu'il l'a rencontrée chez les déshérités ? Ou parce qu'elle est si naturelle ?

Il a l'impression d'être sur un pied d'égalité avec cette Française à tête d'Indienne. Ils n'ont pourtant rien de commun, sauf une vieille mendiante édentée qui est leur amie à tous les deux. Il la suppose piquée de la même curiosité que lui. Ils ont l'enthousiasme de deux gamins qui ont volé les pommes du voisin et qui les croquent, planqués derrière un buisson.

Marie a les joues un peu rouges, comme des pommes justement. Dans ses cheveux, une mèche teinte en rouge qu'il n'a même pas remarquée la veille. Une barrette la retient de lui tomber sur le visage. Elle porte une veste en similicuir vert pomme, des baskets bleues, des boucles d'oreilles en pendentifs, cliquetantes et arabisantes : cette fille est un véritable sapin de Noël oriental.

Il se sent si à l'aise avec elle. Il a le sentiment étrange d'avoir une amie, de ne plus être isolé. De revenir au monde.

Pour l'instant, elle accepte d'être son porte-plume. Elle a dit son « nègre », le mot les a fait rire. Il a demandé le sens de l'expression. Il n'a pas l'habitude de parler de ces choses avec une fille. De la couleur et tout ça. En fait, depuis longtemps, il a surtout l'habitude de ne parler à personne.

Elle lui a expliqué le système de la poste restante. Ils ont évoqué ensemble le danger à signer de son vrai nom, mais le risque semble minime. À moins que le type soit de la police. D'après le contenu de l'ordinateur, des fiches de salaire d'un restaurant, ce n'est apparemment pas le cas. Désiré, si prudent d'habitude, est prêt à courir ce risque.

Ils se mettent au travail. Désiré réussit à formuler son souhait, à aborder sans détour pourquoi la démarche est si importante pour lui, et à se confier non seulement à la fille qui transcrit consciencieusement ses mots, mais aussi à cet inconnu qui va les lire.

Dès qu'ils ont terminé, Marie est partie servir des repas, et lui a emporté le brouillon qu'elle a écrit. Ce soir, assis sur son lit, il le recopiera de son écriture d'écolier appliqué, puis placera la lettre dans une enveloppe, une de celles qu'il avait rapportées de Maurice et qu'il utilisait pour envoyer des nouvelles au pays.

Chapitre 8

Marignan 1515
et autres mystères de la vie

De retour chez lui après le travail, Alex tapa machinalement son code. Hypersimple. Moyen mnémotechnique : Bataille+De+Marignan. 1515BDM.

L'avantage : même bourré, il s'en souvenait toujours. Le désavantage, surtout depuis qu'il avait choisi de mener une existence de reclus : ses potes aussi. Y compris les moins cultivés.

Pourquoi tout le monde connaît la date de Marignan ? Personne ou presque ne comprend ce qui s'y est passé, ne peut nommer les protagonistes, mais tout le monde peut sortir sans hésiter l'année de la bataille. Pour Alex, ce phénomène restait un des grands mystères de la vie, avec l'amour, le sexe, ce qu'il y a après la mort, la poule ou l'œuf, et bien entendu ces derniers questionnements : où vont les chaussettes disparues et que faire de celles qui demeurent, esseulées, en sortant de la machine où elles sont censées être entrées en couple ?

Il s'arrêta devant sa boîte aux lettres et l'ouvrit. De temps en temps, de plus en plus rarement, il recevait une carte postale d'amis en voyage. On trouvait déjà tout le déroulé du séjour dans les posts de Facebook. Les copines qui avaient des gosses, c'était pire, elles n'épargnaient rien : de la première dent perdue du benjamin à la dernière sortie Accrobranche de l'aîné. S'ajoutaient les messages liés aux « états d'âme », citations léchées en adéquation avec la forme mentale du jour, coups de gueule politiques des copains, alternant avec leurs commentaires sur le championnat de foot. Le courrier le plus sympa était encore l'une des mignonnes petites lettres de son filleul, terminées par un « Je t'aime » tremblotant. Alex n'avait rien d'une midinette, mais elles lui faisaient toujours du bien.

Aujourd'hui, ni lettre enfantine ni souvenirs de vacances, mais une enveloppe de papier fin, bordée d'une frise hachurée en diagonale, bleu et rouge. Un peu désuète, dans le style anglais, estampillée « *By Airmail* ». Son filleul n'utilisait pas ce genre d'enveloppe. L'adresse n'était pas non plus décorée de dessins au Bic qui bave. L'écriture l'étonnait : au stylo, en lettres détachées, appliquées, les *a* arrondis et complétés d'un crochet. Il ne connaissait pas cette écriture. Son premier réflexe fut de vérifier que le courrier lui était bien adressé, qu'il n'y avait pas d'erreur sur la personne.

Mais il s'agissait bien de son nom :

Alexandre Le Calonnec
14, boulevard de Denain
X^{e} arrondissement PARIS
FRANCE

La mention « France » le fit sourire, car le cachet de la poste attestait que le pli avait été posté dans le quartier. Il ramassa la lettre et le reste du courrier – des réclames et une facture – et appela l'ascenseur, pour une fois.

Pas de voisine à l'horizon. Alex prit le temps d'exécuter son petit rituel : il enleva ses chaussures et son manteau dans l'entrée, mit de l'eau à chauffer pour un thé et s'assit dans son fauteuil préféré. À dire vrai, son unique fauteuil, car il n'avait pas racheté de canapé. Un matelas et un plaid en tenaient lieu. Puis il reprit l'enveloppe fine un peu transparente. Il devina à travers la même écriture manuscrite. Il l'ouvrit assez délicatement et déplia la feuille qu'elle contenait. Elle ne comportait pas d'adresse d'expéditeur, ni date ni lieu.

Monsieur,

J'ai trouvé votre sacoche dans le métro. Vous aimeriez la récupérer, j'imagine.

Je n'ai pas de mauvaises intentions. J'ai pourtant une condition à poser avant de vous la rendre. Prenez-la comme une simple demande, s'il vous plaît, malgré ma détermination.

J'ai lu votre histoire. *La femme qui parlait avec un accent étrange*. Est-ce bien votre histoire ? Si oui, tant mieux.

Je ne veux pas vous déranger.

Dans ma vie à moi, il n'y a pas beaucoup d'histoires. Et j'aimerais vraiment connaître la suite de la vôtre. Lorsque vous m'enverrez la fin de votre récit, alors seulement je vous rendrai le sac, et son contenu. Il ne manquera rien.

Je ne suis pas un voleur. Je vous assure. Je n'ai presque jamais rien volé. Des sucreries quand j'étais enfant, peut-être.

Vous qui savez écrire de cette manière, offrez-moi des mots pour rêver et m'endormir.

Suivait une adresse en lettres capitales :

M. DÉSIRÉ ANTOINETTE POSTE RESTANTE
GALERIE COMMERCIALE DE LA GARE
4, RUE DU 8-MAI-1945
75010 PARIS

Le courrier se finissait par une formule simple :

Je vous souhaite une bonne journée.

M. D. Antoinette.

Alex relut plusieurs fois le message, interloqué. Il pouffa, puis s'esclaffa franchement.

Il s'était fait avoir sur ce coup-là, lui qui pensait que son histoire allait le laisser tranquille, que c'était le destin.

Il se trompait. Les histoires ne vous lâchent pas si facilement.

Chapitre 9

Quelque chose qui change

Alex avait bien dormi. Il s'était couché plein d'espoir. L'envie d'écrire et de créer était revenue. Une bouffée d'air qui chassait les miasmes du train-train quotidien. Aujourd'hui, pour la première fois depuis longtemps, il irait au boulot à pied. Il longerait les façades haussmanniennes qui impressionnent les étrangers, pourtant si simples lorsqu'on les apprivoise et qu'on s'y habitue. La douceur de vieilles dames qui vous offrent des biscuits un peu mous avec un chocolat chaud.

Alex aimait parcourir la ville, quand il cherchait l'inspiration. Le courrier qu'il venait de recevoir lui donnait une bonne occasion pour s'y remettre. Voilà presque un an qu'il avait renoncé à l'écriture de son roman, ne sachant que faire de son personnage. Il avait songé à prendre une voie radicalement différente, sans lien avec son point de départ, et même changer de genre littéraire : passer au roman psychologique, ou alors au polar, un truc très noir, voire de la SF. N'importe quoi pour échapper à cette histoire qui n'en finissait pas de stagner dans sa tête.

Alex marchait le nez en l'air, car ce qu'il aimait tout particulièrement, c'était inventer des vies aux gens qu'il voyait aux fenêtres des immeubles. C'est pourquoi il préférait partir tôt le matin, ou tard le soir, lorsque la lumière découpe des silhouettes derrière les carreaux.

En passant un jour sous une fenêtre d'un quartier huppé du XVIe, il avait ainsi chiné l'univers de Sophie Van Er Meer. Il avait aperçu une élégante ombre en tailleur dans un grand salon où l'on devinait les œuvres contemporaines accrochées aux murs. La nostalgie l'envahit de l'époque où il sillonnait les musées, lorsqu'il était encore boulimique de culture. Sa première année à Paris. Alors, un simple géranium suspendu à un balcon pouvait enflammer son imagination.

En Espagne, ou dans d'autres pays plus au sud, la vie se déroulait aux fenêtres. Elles restaient ouvertes à cause de la chaleur. Cette habitude lui paraissait formidable, mais manquait de mystère. Ici, à Paris, une croisée non close ou sans rideau était rare. Une perle à dénicher. Il fallait être vigilant. Et choisir un quartier sans trop de crottes de chien, bien sûr.

Au moment de partir, en passant le pas de sa porte, Alex tomba sur son autre voisin de palier. Ils étaient trois à l'étage. Desireless, lui, et cet homme. Sur le mur, à côté de sa porte, figurait une plaque couleur bronze, digne d'un ponte de la médecine, gravée de la manière suivante :

Mamadou J. B. N'Diaye
Maraboutage, voyance, extralucidité.
Docteur en médiumnité, désenvoûtement.
Élu meilleur marabout africain 2010 et 2011.

Ce monsieur portait des tongs en cuir de buffle toute l'année. Il en avait maintes fois vanté les qualités à Alex. Il les portait avec des chaussettes de sport, si par extraordinaire il neigeait sur Paris.

Mage N'Diaye – il avait tout simplement proposé à Alex de l'appeler ainsi la première fois qu'ils s'étaient croisés – portait une grande robe d'un bleu profond, comme on en trouve en Afrique de l'Ouest. N'eussent été les broderies couleur or, ce bleu nuit faisait penser aux foulards des Peuls. Mage N'Diaye, stature de géant, portait des bracelets en argent qui s'entrechoquaient, et des tatouages étranges sur le dos de sa main droite.

Il était reconnu par ses pairs comme le plus grand spécialiste des problèmes d'amour, d'argent, de santé et de chance. Rien que ça. La mention apparaissait sur ses tracts, dont Mamadou ne manquait pas de refiler un bon paquet régulièrement à Alex, chargé de les placer au restaurant, ce qui était plutôt délicat. Alex ne pouvait se résoudre à les jeter et les passait donc au patron du café, lequel acceptait de les mettre dans ses W-C. Malheureusement, il n'allait plus au café depuis un certain temps, et les documents publicitaires s'entassaient dans ses propres toilettes. Il avait tout le loisir de les relire par le détail, à chaque pause humaine obligatoire. Par la force des choses, il en connaissait le contenu sur le bout des doigts.

L'Africain de près de deux mètres ouvrit ses longs bras et plaqua, comme à son habitude, ses larges paumes dans le dos d'Alex pour lui offrir une accolade d'une intensité rare.

— Bonjour, mon ami ! Tu pars tôt, dis-moi, tu es du service du midi cette semaine ?

— Oui, effectivement.

Le marabout parlait toujours à voix retentissante, comme si les dieux ou les esprits ne pouvaient l'entendre autrement.

— Que la force soit avec toi ! dit-il en levant ses paluches haut vers le ciel, ou plutôt, vers le plafond fissuré du palier.

Alex ne put s'empêcher de sourire. Mamadou avait un puissant accent africain. Cette sortie issue de *La Guerre des étoiles* semblait pour le moins démesurée, considérant qu'Alex allait simplement découper des ailes de poulet.

Mamadou ne tint aucun compte des réactions d'Alex.

— Attention, quelque chose change pour toi aujourd'hui !

Le ton était à présent grave et sentencieux, accompagné de moulinets inspirés des mains en guise de battoirs à vent.

Une personne qui ne connaissait pas Mage N'Diaye aurait sûrement été fort impressionnée par une telle voix et le roulement des yeux vers l'arrière, mais Alex croisait régulièrement le saint homme – petit nom qu'il avait également l'autorisation de lui donner –, lequel lui faisait invariablement la même prédiction. Elle finirait bien par se réaliser !

— Une chose, mon ami. Une chose qui change, rappelle-toi !

Nouveau roulement d'yeux. Impeccablement maîtrisé. Nouveaux moulinets des mains. Parfaits. Deuxième accolade.

— Va en paix, mon frère.

Une pseudo-punk, un grand sorcier et un homme plus si jeune, mi-poète maudit, mi-roi de la blanquette : finalement, rien d'étonnant qu'il n'arrive pas à retenir ses petites amies à cet étage...

Chapitre 10

Remise en jeu

Il était pourtant possible que, cette fois, quelque chose ait réellement changé.

La lettre de ce Désiré avait modifié la donne. Cela devenait un jeu, avec une forme de récompense à la clé, un but. Or Alex était joueur. Il l'avait toujours été, depuis son enfance : parties de baby-foot endiablées, quiz des émissions télévisées, puis poker avec quelques mordus, tout ce qui se rapprochait du ludique lui redonnait de l'énergie.

Dans son rapport à l'acte d'écrire, il avait l'impression d'être le type resté sur le banc de touche toute la saison, appelé en urgence sur le terrain parce qu'un défenseur s'est blessé. Pas l'attaquant, pas la star, il ne faut pas exagérer. Les membres un peu ankylosés, maladroits. Le stress à gérer aussi. La montée d'adrénaline. Des réflexes à retravailler.

C'est dans cet état particulier qu'Alex se rassit face à l'écran de l'ordinateur portable de secours de son ami Sam (l'ingénieur possédait beaucoup de matériel en double), qui l'avait déposé à sa demande chez sa concierge, accompagné d'un Post-it : « Tu m'appelles pour boire un coup cette semaine, ça fait des mois qu'on ne s'est pas vus, boulet. J'ai quelque chose à te dire. »

La proposition sentait le traquenard juste pour l'obliger à mettre le nez dehors. Ou le nez dedans, selon lecture. Aucune importance.

Sa curiosité était accaparée par le courrier et son auteur. Désiré. Un nom pareil n'était pas d'ici, sûrement. La lettre était rédigée sans fautes d'orthographe, avec une écriture d'enfant sage, probablement élevé dans un autre pays. Alex connaissait une Anglaise qui avait une résidence secondaire dans le village breton de son enfance. Elle avait fini par s'y établir définitivement à la mort de son mari. Lorsqu'il était minot, Alex allait lui faire quelques courses pour la dépanner, en échange d'une pièce ou de drôles de bonbons carrés aux couleurs acidulées et au cœur de réglisse. Elle alignait en colonnes soigneuses les éléments de ses listes, en pleins et déliés joliment détachés, comme en rang. L'écriture de Désiré ressemblait à la sienne.

Désiré était peut-être un pseudonyme. Alex avait bien sûr googlisé le nom de son maître-chanteur. Sans résultat.

Désiré Antoinette. À moins qu'il ne s'agisse des deux premiers prénoms d'un type d'une soixantaine d'années, venu d'une campagne française, comme lui, où l'on accole les prénoms des grands-parents à ceux des enfants au moment de les déclarer. Masculin-féminin pêle-mêle.

Désirée ? Et pourquoi pas une jeune femme qui aurait masculinisé son prénom, afin que le courrier n'ait pas l'air d'une demande déguisée sur un site de rencontre ? Non, il fallait être lucide, si l'hypothèse féminine devait être retenue, il s'agirait plus certainement d'une vieille dame férue d'histoires d'amour, qui s'ennuyait au-dessus de son crochet et avait trouvé là l'occasion d'égayer un peu son existence. L'idée d'écrire pour une mamie n'ayant pas froid aux yeux n'était pas pour lui déplaire. Bref. Il fallait s'y mettre à présent, s'il acceptait la partie, même s'il n'avait pas joué depuis longtemps et arrêté sur un match perdu.

Mais les choses n'étaient pas si simples. Malgré le temps passé, les yeux rivés sur la ligne d'horizon fantasmée derrière le mur du bureau, malgré les trois cafés, malgré les souvenirs, puis l'effort de concentration pour vider son esprit, les digressions mentales, et de nouveau les souvenirs, rien ne venait. Il n'avait plus son carnet doudou : pas de notes, pas de sauvegarde de son texte, rien que sa mémoire et son imagination. Les fenêtres observées lors de sa promenade étaient restées closes, point de salut de ce côté-là. Alex était seul avec lui-même et ne savait que faire de cette pauvre Sophie.

Après plusieurs heures d'un pénible face-à-face stérile avec l'ordinateur, Alex décida de reprendre le problème là où il était né, à l'endroit où il avait perdu son texte : dans le métro.

Il sortit de chez lui au pas de course et emprunta le passage souterrain.

Bientôt, calé dans un wagon de la ligne 2, il se mit à l'affût. Aujourd'hui, il était en chasse. Sous la visière de sa casquette sans logo, il guettait ceux qui l'entouraient pour trouver celui ou celle qui lui inspirerait la suite de son récit, par quelque fascinante pirouette de l'esprit.

Quelques discrets décibels de basse filtraient des écouteurs d'un fan de Black Sabbath, qui se grisait des riffs d'un musicien sourd. Une femme élégante, dont la hanche touchait quasiment la sienne, cherchait sur Pinterest le meilleur tuto de tresse sophistiquée décoiffée, avec le plus grand sérieux.

Douze personnes chattaient ou envoyaient des SMS à un de leurs contacts Meetic. Quatre sur Adopte un mec. Une sur Muslima.com. La plupart rentraient du travail, trop exténuées pour tenter quoi que ce soit.

Un homme jouait son salaire mensuel au poker. Son voisin jouait les salaires des autres à coups de millions en bourse. Il bossait.

Quatre songeaient à leurs problèmes financiers. Huit à leurs problèmes amoureux. Dix à leurs problèmes de travail, ignorant que le mot « travail » vient du nom d'un instrument de torture. Quelques-uns pensaient à tout cela à la fois. Deux riaient intérieurement. L'un à cause de la bonne blague faite par un ami. L'autre parce qu'il l'avait vue, Elle, aujourd'hui. Deux s'embrassaient et se foutaient du reste.

Une enseignante de lettres lisait un livre. Un en papier. Un sur lequel on pouvait loucher pour essayer de deviner le titre. La demoiselle, qui tentait de se vieillir à l'aide d'un vilain tailleur sombre, connaissait l'origine du terme « travail », mais ignorait appartenir à une espèce en voie de disparition. Ce qui n'était même pas triste, du moment que les mots continuent à vivre, et à voyager, en fraude s'il le faut.

Tous avaient le regard baissé ou dans le vide, sauf le couple de touristes un peu ringard, mais sympathique, qui parlait trop haut. Eux regardaient partout comme si les noms des stations souterraines, les tunnels noirs et les points de lumière artificielle étaient des axes culturels remarquables, comme si cette femme en boubou vert et jaune était un monument parisien, comme si les affiches publicitaires inégales, collées sur les murs, constituaient l'œuvre d'art d'un collectif déjanté : Finlande… Fnac… Dernière pièce de boulevard « avec l'autre là »… Couches Huggies… Picard… Banque populaire… Nutella… Re-Fnac… Festival de la liberté de la femme… Tampax… Un site internet de cuisine… Seychelles… Uber… Geox… Kung Fu Panda 3… Burberry… Desperados lime… Orange… Dior… Montre connectée…

Les seuls qui parlaient haut étaient les touristes et les gosses. Enfin, les ados. À partir de deux, ils se comportent comme une petite bande. Ils roulent des mécaniques, tchipent parfois d'un claquement de langue connaisseur les jolies filles, même si elles ont dix ans de plus qu'eux, bref, se font remarquer. Puisqu'il ne reste que ce moyen comme rite de passage : se faire remarquer dans le métro.

Et puis il y avait la cohorte des anonymes, qui se laissaient aller malgré eux à l'ésotérisme de la perte de contrôle. Individualités globalisées par le transport, ballottées toutes au même rythme, serrées dans cette promiscuité des cités que chacun fait semblant d'ignorer. Qui habitue à se frôler sans se toucher. Un seul grand corps mou. Un concentré d'humanité qui sent un peu fort, mais roule ensemble quand même, et joue l'indifférence tout en ayant une direction commune.

La lumière était belle en fin de journée, à cette époque de l'année. Un truc automnal qu'il adorait : une atmosphère douce, un peu dorée, avec des reflets orangés. C'était la même ambiance lumineuse que tôt le matin, en version café frais et croissants en quelque sorte. Tout un petit monde, exotique en diable, montait entre Barbès et Anvers, et descendait aux différentes stations, sur le morceau de trajet aérien. Musique répétitive du passage en à-coups sur les travées des viaducs. Passer au-dessus de la rue et des courbes de métal. Toucher au ciel et monter de deux ou trois étages d'un seul coup, sortir de sous terre. Une certaine poésie.

Le métro est aussi une machine à rêver...

Alex devait lutter pour ne pas sombrer dans ce sommeil étrange. Profond, donc intime, au milieu d'une foule d'inconnus pris dans la toile de leurs propres pensées nébuleuses, ou plongés sur la toile en un impalpable patchwork d'univers divergents, contenus presque entiers dans de si petits écrans, façon boîtes de Pandore.

Lorsqu'il s'endormit sur son siège de velours gris, sa longue silhouette un peu dégingandée bercée par le roulement récurrent du métro, la chaleur ambiante et les associations d'idées saugrenues, son menton tomba sur sa poitrine.

Réveillé en sursaut par la sonnerie indiquant le terminus, Alex se rendit compte que le métro allait reprendre son trajet dans l'autre sens. Les idées étaient décidément des bêtes sauvages.

Tous étaient descendus. Deux hommes terminaient leur conversation sur le quai et se serraient la main avant de se séparer. L'évidence frappa alors Alex de plein fouet : pour une fois, il ne devait pas s'obstiner à gérer les choses seul... Ni la solitude ni la foule ne l'avaient aidé, il lui fallait un partenaire. Il allait fourguer la patate chaude au fameux Désiré ! Œil pour œil. Puisqu'il lui demandait de poursuivre la route, ce serait à Désiré de lui montrer le chemin, au moins une direction. Le résultat était incertain, mais pas plus que l'histoire elle-même. Alex décida qu'il écrirait sa réponse à la main dès qu'il arriverait à l'appartement. Il n'était même pas déçu, juste excité, dans un état un peu fébrile d'ouverture à toutes les suites possibles, tendu, en alerte ; car à présent il était convaincu.

La partie reprenait.

Alexandre Le Calonnec
14, boulevard de Denain
X^e^ arrondissement Paris
France

À Paris, le 21 octobre 2016

Monsieur Antoinette,

J'ai bien reçu votre courrier. Je dois vous dire qu'il m'a intrigué. Votre démarche a bien un peu indigné le citoyen, mais touché l'homme et réveillé l'auteur. Enfin, peut-être.

Si vous placez la valeur d'une histoire au-dessus de celle d'un ordinateur, je peux tenter de vous satisfaire. Je vais vous parler comme je ne l'ai sans doute jamais fait avec personne : franchement. Je ne suis même pas sûr de la réalité de votre existence, alors je n'ai rien à vous cacher ou à vous prouver. Dans le rapport aux autres, voilà une situation rare, inédite en ce qui me concerne.

Je suis sûrement plus compétent pour exprimer les choses par écrit. L'oral me pose un problème, il va trop vite. Sans doute devrais-je dire plutôt que je suis trop lent pour parler.

Écrire de nouveau ? Si vous m'offrez la certitude que vous, qui que vous soyez, me lirez : alors oui, je veux bien essayer. J'ai dit : essayer. Car à ce stade, malgré la motivation que me redonne votre jeu, et la pensée que mes mots auront de la valeur au moins pour quelqu'un, je n'y arrive pas. Je me suis assis longtemps. J'ai cherché à reprendre le fil. Et, pour l'instant, je ne trouve pas de suite à cette histoire.

Je ne sais pas vers où peut aller cette femme aujourd'hui. Quel futur possible, dépossédée de sa propre voix ? Puisque vous avez voulu vous embarquer dans cette histoire, il vous faut y participer. Aidez-moi. Où Sophie Van Er Meer va-t-elle diriger ses pas ? Quelle route aimeriez-vous qu'elle prenne ?

J'ai conscience que la requête que je vous présente à mon tour a quelque chose d'incongru, mais pas plus que la vôtre, finalement.

Si vous ne voulez pas vous impliquer davantage, je comprendrai, mais je crains de ne pouvoir en ce cas satisfaire votre demande.

Dans l'espoir de vous lire bientôt,

Je vous prie de recevoir, Monsieur Antoinette, mes plus sincères salutations.

Alexandre Le Calonnec

Alexandre avait hésité avant de poster sa réponse. Il avait parlé sans détour, sans fioritures ni pincettes. Un truc qu'il ne faisait jamais lorsqu'il s'adressait à une personne précise.

Il avait toujours pensé que les mots adressés à quelqu'un sont fragiles, si facilement détournables. Trahis par une mauvaise intonation, une formulation maladroite. Sortis trop vite. Alors il les tournait en bouche, s'en gargarisait avant de les prononcer. Alex était connu pour sa parole clairsemée. Clo s'en agaçait parfois. Malgré tout, il était bon compagnon. À l'écoute. Le mot rare certes, mais le mot pour rire.

Lorsqu'il écrivait, au contraire, c'était toujours d'une traite. En coupe franche. Il savait qu'il pourrait revenir sur le texte, réécrire au besoin, biffer les lignes en trop, contrôler les accents et assécher les divagations pompeuses. Pourtant, il apportait peu de retouches et ne se relisait que rapidement. La certitude de pouvoir rectifier suffisait. Et le destinataire restait flou.

Gamin déjà, il tenait des journaux intimes. Un truc de fille, lui disait-on. Adolescent, il se serait fait battre plutôt que d'avouer qu'il écrivait chaque soir. Il n'avait jamais rouvert ses cahiers. À son départ pour l'école hôtelière, il les avait cachés dans le grenier des parents. Il savait que personne ne viendrait les dénicher.

De même, il ne bouquinait qu'en secret, sous la couverture. Ce mode de couchage n'existait plus : draps épais, de bonne qualité, repli blanc sur la couverture en laine ourlée d'un ruban satiné de couleur assortie, qui emmaillotent le corps une fois qu'on s'y est glissé. Il tirait un peu sur les côtés pour se constituer une tente de survie et se planquait dessous avec la lampe de poche. Précaution supplémentaire, il cachait son roman d'aventures dans un magazine de foot, au cas où on le surprendrait.

À l'époque, il voyait son goût pour l'écriture comme une sorte de maladie. Un gène à part, hérité de son grand-père maternel, un paysan éduqué au séminaire – dont il s'était enfui, car il ne voulait pas endosser le rôle de curé, trop amoureux de ses champs, de ses bois et de sa ferme pour les quitter. Pourtant, cet homme, après la dernière traite, s'installait dans la cave, à la lueur des bougies, pour lire et écrire des poèmes et des chansons en breton. Sa vraie langue, celle de sa mère et de sa terre. Il est des ressemblances dont on se passerait bien. Et il aurait préféré hériter de la force physique de son grand-père plutôt que de son attrait pour l'écriture.

Si Alex était allé relire ses carnets, il aurait souri dès la lecture des premiers textes. Récapitulation exhaustive et description minutieuse de chacun de ses repas d'enfant. Il aurait pu y reconnaître là un indice concernant son futur métier de bouche. Alex avait toujours trouvé une poésie dans la nourriture. Elle était respectée par chez lui. Un petit gars qui aimait faire la popote : un peu original sans doute, mais il était sûr au moins de déclencher l'admiration des amis et des proches. Qu'il aille à la pêche et prépare les palourdes à huit ans était formidable. Qu'il lise Proust au même âge, beaucoup moins. Ses premiers poèmes manuscrits et leur drôle de style télégraphique célébrant ses amours balbutiantes l'auraient amusé.

Mais les petits carnets dormaient. Sous une pile de vieux *Football Magazine*.

Alex n'avait repris l'écriture que des années plus tard, après ses études à Dinard. Sans y penser ou presque. Ses dernières nouvelles dataient du lycée. Ce n'est qu'en arrivant à Paris qu'il avait recommencé.

Comme une drogue où l'on replonge inéluctablement. Et puis, en côtoyant des amis éduqués à la ville, il avait compris qu'il avait le droit de lire un livre sans se cacher et d'écrire sans en avoir honte. Mais lire et écrire restait pour lui des actes d'une grande intimité, inconcevables dans un bar. Impudiques. À son avis, dans un bistrot, on boit des coups.

C'est donc chez lui que les choses avaient pris forme. Il avait envoyé aux éditeurs un premier manuscrit qui n'avait pas été retenu, mais lui avait attiré quelques critiques élogieuses et encourageantes d'un directeur de publication. S'il avait été jusque-là, c'était déjà un signe. Mis en confiance, il avait attaqué les premières lignes de *La femme qui parlait avec un accent étrange*. Le départ de Clo, pourtant sans haine et presque sans heurt, l'avait stoppé net dans son élan. Comment écrire uniquement pour soi ?

Il évitait de se poser la vraie question. Comment vivre pour soi seulement ?

Chapitre 11

Et tout recommencer

Lorsqu'il a dû répondre à l'écrivain, Désiré est passé voir Marie et ils ont convenu d'un nouveau rendez-vous.

Elle éprouve une certaine réticence cette fois, mais n'a pas fait part de ses réserves à cet homme. Maintenant qu'elle est au calme chez elle, elle réfléchit. Elle n'avait pas prévu une autre rencontre : cette aide est-elle réellement prioritaire pour une bénévole ?

Le sujet revient souvent sur le tapis, dans les AG agitées des assos engagées auxquelles elle participe. La lutte contre l'illettrisme, la transmission de la culture ou l'organisation d'un tournoi de ping-pong valent peu face au besoin d'un toit, de soins urgents ou d'un repas chaud. Par ailleurs, cette drôle de demande est-elle professionnelle ?

Car Marie prend son rôle au sérieux, comme un métier qu'elle serait en train d'apprendre.

Peut-être parce qu'elle n'a pas de boulot en ce moment. Elle s'applique toujours à paraître légère, c'est le moins qu'elle puisse opposer à la lourdeur des vécus, mais elle réfléchit beaucoup.

Cependant, la confiance de ce type la touche.

Et puis un sourire vaut bien une soupe, une note de musique ou un but marqué dans quelque obscur terrain boueux valent bien des murs de brique. Pourquoi aider, assister serait-il toujours synonyme de triste et chiant ?

OK, il faut l'avouer, cette histoire l'amuse.

Et puis le type est hypercorrect. Pas de rentre-dedans. Elle a bien réussi à couper les ongles de pied de la vieille Azma et pansé les cuisses de cette belle femme qui ne dit pas son nom et ne portera jamais plainte. Ce truc d'écriture, c'est juste un job comme un autre, seulement un peu plus sympa. L'essentiel est que ceux dont elle s'occupe retrouvent une dignité et une envie.

Oui, mais cette connerie va encore lui amputer un temps précieux dans son timing serré. Combien de temps, d'ailleurs ? Oh ! Et elle a ce truc à rendre pour son mémoire. Même si la face du monde n'en sera pas changée, il s'agit de prendre une décision juste et rationnelle. Marie attrape d'un geste décidé son sac à main posé au bout du Clic-Clac. Elle sort son portefeuille et farfouille à l'intérieur.

« Évidemment, jamais de monnaie quand on en a besoin ! »

Tout à coup, elle a une idée, se lève, se dirige vers la kitchenette et ouvre le tiroir de gauche du meuble près de l'entrée, celui qui sert à tout, qui ne sert à rien. Des bouts de ficelle, un tire-bouchon cassé, une belle collection de porte-clés moches, des bouchons souvenirs dont elle ne sait plus ce qu'ils sont supposés rappeler – du coup, elle ne peut pas les jeter –, il y a celui de l'enterrement de sa grand-mère et celui de ses dix-huit ans là-dedans, une blague de Carambar un peu effacée sur le papier – dommage – et… une pièce. Une vieille pièce souvenir d'Inde. Elle l'emporte et retourne s'asseoir, solennellement, comme chaque fois qu'elle a recours à ce procédé. Oui, assez souvent.

Pile, elle dit non à ce Désiré. Face, oui.

Lance la pièce en l'air, un peu trop haut, obligée de se concentrer pour la rattraper, y parvient de justesse, plaque sa main droite sur sa main gauche d'un coup sec.

Pile. Ce côté, assez classique, porte le nombre 100 et une représentation de trois lions sur un piédestal. Il faut dire non.

Elle retourne la pièce entre ses doigts, dubitative. De l'autre côté, c'est le visage de Mère Teresa qui la regarde avec un sourire que Marie jurerait narquois.

Marie prend son châle et sort rendre sa réponse à l'homme qui l'attend.

Ils se sont retrouvés comme des habitués, à la même table que la dernière fois. L'un commandant pour l'autre, sans douter un instant qu'ils choisiraient la même chose. Les clients échangent des banalités. Pas de jeu vidéo, juste un flipper dans un coin. Rassurant, un peu désuet.

Désiré lui dit ce qu'il veut répondre à l'écrivain, comme la première fois. Il s'exprime sans gêne. Cette intimité n'a rien de terrifiant. Marie ne répond pas, sort son calepin et son stylo.

Elle écrit sans l'interrompre. De temps en temps, replace la mèche rouge derrière son oreille. Pas de barrette aujourd'hui. Ensuite, ils parlent d'eux, des autres, de musique, de Maurice et de l'Inde. Comme s'ils étaient libres. Comme s'ils étaient jeunes. N'est-ce pas ce qu'ils sont malgré tout ?

Désiré raconte un peu ses parents, qu'il a quittés avec le reste de la famille. Il explique à Marie qu'il fait comme tous les immigrés qui savent écrire. Qu'il leur envoie des mots pleins d'étoiles, décrivant un métier formidable et une vie fantastique. Il décrit à sa mère la tour Eiffel qui s'illumine la nuit, la magie des Champs-Élysées. Il invente pour elle des amis médecins et avocats, summum du panthéon social là d'où il vient, tout en leur prêtant le caractère de ses collègues de nettoyage. Il confie même à celle qui est assise avec lui qu'il s'est fabriqué de toutes pièces un amour avec une belle métisse aux yeux verts, peau café au lait, une déesse pour parfaire la mythologie.

Il dit beaucoup de choses à Marie. Elle écoute. Elle a l'habitude. Elle le fait bien. Elle est là pour ça.

Les histoires qu'il livre à la famille s'accompagnent d'un mandat. Un peu moins de la moitié de son salaire. Le maximum qu'il peut se permettre. Comme tous les immigrés de son genre. Il sait que les plus petits cousins, les frères et les sœurs doivent se réunir dans la pièce de béton, construite parpaing par parpaing, grâce à ses sous, accolée à la case tôle. Quelqu'un lit à la mère les lettres du fils prodigue. Ils l'imaginent comme un monsieur ! C'est tellement bizarre : « *Désiré, enn gran misie aster**. » Ils en parlent avec fierté. Ils se disputent sûrement un peu pour se partager l'argent, mais la mère a son caractère et sait trancher. Puis les petits s'éparpillent sur la plage pendant que les grands s'asseyent sous les badamiers, face à la mer, pour parler un peu de lui. Marie entend souvent ce genre de choses. Ce garçon, il raconte bien. C'est chouette de l'écouter, mais là il va falloir qu'elle parte. Elle regarde discrètement sa montre. Elle a à faire ailleurs, avec d'autres.

Encore une demi-heure, allez.

Marie propose les mots que Désiré ne trouve pas : Palette, Translucide, Divergence, Prégnant, Hampe.

Il y en a un ou deux qu'elle a dû orthographier en s'aidant d'une recherche Internet sur son téléphone, car elle ne les connaissait pas : *bred**, *zat**.

Elle devine souvent ce qu'il cherche et préfère parfois laisser du temps au silence. Elle tente de respecter à la lettre le sens de ses paroles, mais utilise les plus jolis mots qu'elle trouve, chaque fois, comme pour soigner la présentation. Elle est ébahie d'ailleurs par le vocabulaire soutenu de cet éboueur. Ils cherchent ensemble les mots qui donneront envie à l'écrivain de poursuivre. Marie ouvre grand les oreilles, comme on ouvrirait grand les yeux, s'applique.

L'exercice lui plaît. Le but est amusant et passionnant. L'auteur va-t-il jouer le jeu, vraiment ?

Désiré lui plaît bien aussi. Sans arrière-pensées. Cet être humain la touche. Comme tous les autres. La richesse de ce qu'elle fait tient dans ces rencontres.

Elle l'envie d'oser.

Désiré, lui, cherche sans se lasser de quelle manière piquer la curiosité de l'écrivain, motivé par son aspiration à connaître la suite, et sans doute sa faim de parler de ce qui manque.

Les siens, la mer, un bon rougail et le goût du rhum sous un filao. Les vibrations de la chaleur dans la case tôle. Une vie dure, mais pas entre parenthèses. Une vie sans concessions, où l'on subit on chiale on crève, mais haut et fort. Où l'on ne se cache pas sous les toits ou dans une combinaison orange. C'est pourtant cette vie si crue qu'il a fuie. Voilà qu'il découvre qu'il l'aime de nouveau. Qu'il en oublie un instant sa colère, et tout ce qu'il planquait aussi là-bas.

La fille gratte doucement la coque avec lui, fait tomber la peinture sèche de cette barque écaille par écaille. Du bout de son ongle. Il la voit faire. Il la laisse. Il ne connaît rien d'elle. Elle n'est d'aucun bord, elle est neutre. Elle est si sérieuse dans sa tâche, ce qui le rassure. Il n'a pas peur d'elle. Ici, il n'a pas peur pour elle. La couche épaisse se fissure, parce qu'elle attrape les morceaux un par un, patiemment, et les range sur le bord. Elle en fait presque quelque chose de joli. Il dépasse sa terreur de découvrir sa colère, intacte, prête à exploser.

Ceux qu'on peut réellement aimer sont-ils les mêmes devant qui on se dévêt sans honte, dès le premier jour ?

Puisqu'il donne du faux à ceux qu'il aime en vrai, il brade son vrai pour en faire du faux qui soulage.

Parce que quelqu'un va en faire une histoire.

Une histoire, ça n'existe pas. On peut refermer le livre, ne plus s'en occuper. La perdre ou la donner. L'oublier ou la relire pour en changer le sens. La détester au prime abord, puis, avec le temps, apprendre à l'aimer.

Merde. Il faut qu'elle y aille, là. Elle est en retard. Ça y est, elle culpabilise. Elle a exagéré, a accordé trop de temps.

Désiré se rend compte qu'il a beaucoup parlé, s'arrête. Elle arrache précipitamment une dizaine de feuilles à son carnet. Désiré reste là, alors qu'elle s'en va presque en courant. Il relit les notes.

Écrire cette lettre avec Marie, c'est autre chose que d'offrir du rêve.

Il s'agit d'en recevoir à son tour.

D. Antoinette

À Paris, le 24 octobre 2016

Cher Monsieur,

Je n'ai peut-être pas trouvé votre sac et votre histoire par hasard, finalement. Peut-être que cela aussi était écrit.

Je sais exactement où Sophie doit aller. Il lui faut partir pour tout recommencer. Vous en conviendrez, elle n'a rien à attendre de sa vie d'avant. Par simple décalage, elle ne rentre plus dans son cadre parfait. Elle est dorénavant la pièce écornée du puzzle qui était abouti. C'est une bonne personne. Je le sens. Il faut la mener là où elle pourra recommencer à s'aimer.

Solution de facilité, me direz-vous. Peut-être. Mais puisque la vie nous empêche de sortir aisément de ses filets, et qu'on mésestime les routes secondaires, permettez à un personnage de bénéficier de cette échappatoire. Faites en sorte que Sophie ait une deuxième chance. Un ailleurs.

L'endroit que je vous propose, vous le connaissez sûrement. Il est fameux maintenant. Il y a encore quelques années, les liaisons aériennes pour cette destination n'étaient pas si développées, et la France, dont nous avons pourtant fait partie et dont nous admirons les grands hommes, pensait que nous étions ailleurs. Du côté de l'Amérique plutôt, aux Caraïbes.

La plupart des gens savent à présent que nous sommes dans l'océan Indien. Il me semble, en tout cas. Nous sommes sortis de l'anonymat depuis que, dans les jeux télévisés des chaînes nationales de France, on gagne des séjours dans des établissements 5 étoiles, sous nos filaos et cocotiers. D'ailleurs, des tas de couples viennent chez nous passer leur voyage de noces devant le lagon. C'est à présent une île qu'on dit touristique. Les gens sourient lorsque je leur explique d'où je viens. Ils perdent même l'animosité qu'ils ont parfois envers les étrangers. Ils pensent sable blanc et hôtels de luxe.

Je ne sais pas ce qu'elle est exactement, cette île, mais je suis de là-bas, et pour moi c'est un pays d'où l'on part difficilement. Une île, c'est toujours une prison au milieu de l'eau, pour celui qui y naît. Si on arrive à s'en aller, elle vous reste au corps comme un membre manquant. On y vit, comme on y meurt, si on n'en part pas, en croyant que le cœur du monde est là. Sans prétention, non, juste un micro-univers qui se sait de partout, mais n'existe que sur un caillou volcan mort il y a des milliers d'années. Un vieux dragon qui ne crache plus et qu'on vient photographier pour ses écailles splendides.

La solution est là.

On y parle une langue d'origine française, avec un accent différent des autres. On ne sait même pas que c'est une langue lorsqu'on est de là-bas. On l'utilise comme on respire. Les langues, c'est ce qu'on apprend à l'école. Le créole, c'est notre quotidien. Nos meilleures blagues et nos pires jurons. Tout ce qui est rire et amour, colère et passion. Et cette langue maternelle donne à notre français un goût tout particulier.

En France, j'ai entendu des Antillais s'exprimer. Chez moi, j'ai eu l'occasion d'écouter aussi les parlers de La Réunion, des Seychelles et de la petite Rodrigues.

Pour qui ne connaît pas ces miettes de monde que sont les îles, nos accents sont les mêmes. Je sais que pour beaucoup d'entre vous, les Noirs se ressemblent aussi. Nos accents, nos histoires. Je suppose que vous ne l'êtes pas, noir… Pourtant, tout en se ressemblant, ces accents portent chacun son destin particulier. Avant, je ne le savais pas moi-même. Je pensais que nous vivions tous de manière identique. Je croyais qu'il y avait les riches, quelques-uns, et puis tout le reste. Des gens comme moi, et des personnes comme Sophie Van Er Meer. Ça et quelques autres oppositions inébranlables. Et que c'était partout pareil. Et puis ici, j'ai découvert la palette des intermédiaires. Des pauvres qui sont devenus riches. Des riches un peu pauvres. Des modestes aux grandes ambitions. Des nantis qui jouent aux miséreux, et réciproquement. Ceux qui ont tout reçu et tout perdu. Ceux qui ont tout reçu et qui se sentent si vides. Ceux qui n'ont pas grand-chose et s'en croient meilleurs que les autres. Je ne les connais pas vraiment, mais je les regarde et je les devine de mieux en mieux, me semble-t-il.

Je sais maintenant qu'on ne vit pas ici comme là-bas. J'ai appris aussi que des îles qui ressemblent à la mienne, il y en a des centaines de par le monde. Et qu'aucune d'elles n'est pareille. Elles ont en commun l'eau translucide et la chaleur, les divergences nées dans le sang et les morts, ancrées dans les caractères, tatouées sur les corps.

Vous dites préférer écrire. Vous avez de la chance de savoir. Moi je ne peux que parler dans ma tête. Depuis longtemps, c'est ce que je fais. Mais j'ai trouvé votre histoire. Puis j'ai trouvé un stylo, une main et me voici.

Envoyez Sophie Van Er Meer à l'île Maurice.

Dinarobin, Ilha de Cirné, Île de France et Mauritius. Île d'Argent, cygne sans ailes, un pays et un prince. Les noms de cette terre insulaire en sont la preuve, elle peut être interprétée de mille manières. Maurice sera l'île de votre accent créole. Un de ceux qu'on connaît moins. On ne l'entend pas dans les médias de ce côté du monde. On ne l'identifie pas. Il est doux mais marqué. Si vous tenez à l'entendre, baladez-vous dans les grands parcs parisiens, et asseyez-vous près des jeux pour enfants, il est de nombreuses nounous qui le portent haut autour des bacs à sable.

Parfois, on doit partir pour tout recommencer.

Lorsque l'on se perd, il y a plusieurs solutions. La plus fréquente est de vouloir retrouver son chemin. On cherche les rues connues. Si on y est contraint, on fait demi-tour et on revient sur ses pas, pour arriver coûte que coûte à la destination qu'on s'était fixée.

Laissez-moi vous parler d'un ami qui adorait s'égarer.

Les gens pensaient qu'il était fou, d'une folie douce, certes, mais atteint aussi sérieusement que si une coco lui était tombée sur la tête. Cet ami, perdu, prenait très vite une décision drastique. Il abandonnait le vieux chemin, en oubliait jusqu'à l'existence et se laissait entraîner avec enthousiasme au gré du vent, cédant sans complexe aux charmes d'une piste nouvelle. Imprévue. Il disait que ce n'était pas du hasard, mais du destin. Que le destin, contrairement à ce qu'on croyait, n'était pas forcément terrible et dramatique. Qu'il pouvait se révéler léger et parfumé, comme le cou d'une femme. Cet ami, fidèle à sa vision des choses, et seulement à elle, a eu de nombreuses femmes. Il pouvait également disparaître des jours entiers, car il avait exploré des chemins caillouteux au milieu des champs de canne et des hampes en fleurs. La route habituelle lui avait semblé trop compliquée.

On pouvait l'attendre des heures lorsqu'on avait fixé une rencontre avec lui. Il arrivait poussiéreux et épanoui. Si originale et insupportable fût-elle, sa désinvolture était profondément heureuse, exonérée de toute ligne droite, elle nous offrait à chacun notre part de liberté.

Sophie a fait une sortie de route. Pour la première fois, elle a l'occasion d'emprunter un chemin totalement différent. Pour cette raison, laissez-la s'échapper.

On doit partir pour tout recommencer, parfois.

Si vous voulez, je vous parlerai de là-bas. Si vous le souhaitez, nous pourrons accompagner Sophie ensemble. Je serai votre guide pour un tourisme d'un autre genre. Je partagerai le bleu des montagnes, la lumière blanche et la pluie tropicale sur le bois noir. Je vous dirai le goût inconnu d'un bouillon de *bred** ou de la chair des *zat**, et celui des gens que je sais et que j'aime. À vous, je pourrais dire des choses vraies.

Je me rends compte que cela me manquait.

Je vous salue, Monsieur l'auteur, et à bientôt, si vous le souhaitez.

Désiré Antoinette

Chapitre 12

LA FEMME QUI PARLAIT AVEC UN ACCENT ÉTRANGE (2)

Le FAS restait là. Il ne bougeait pas. Il se blottissait dans l'alcôve de son cou et de sa poitrine, bien au chaud, comme un oisillon dans son nid… Chaque fois qu'elle ouvrait la bouche, le ridicule syndrome ankylosait ses cordes vocales et prenait son envol. Tropicalisation parasite. Intérieurement, il la faisait jurer de la pire des manières, en des termes qu'elle ignorait jusqu'ici. Depuis des mois, Sophie consultait les meilleurs orthophonistes de Paris. Elle s'était déplacée à l'étranger plusieurs fois, notamment aux États-Unis. Elle avait tenté sa chance à Strasbourg, où exerçait un ponte de la discipline. Mais, lasse du manque de résultat des techniques conventionnelles, elle était allée jusqu'à se laisser la possibilité de recourir aux solutions non remboursées.

Elle avait courageusement emprunté d'obscures voies parallèles : homéopathie, phytothérapie, réflexologie, acupuncture, et même hypnose. Elle avait rééquilibré son alimentation, désacidifié son organisme, et testé des cures diverses, renoué avec son moi intérieur, dénoué ses nœuds secrets, ouvert ses chakras et découvert son profil karmique. L'apothéose de toutes ces expériences s'était produite chez un guérisseur soi-disant amérindien. L'homme, habillé en jogging, avait exécuté autour d'elle rien de moins qu'une danse rituelle tenant de la Macarena. Ensuite, il lui avait cérémonieusement remis un superbe grigri protecteur, avec le sourire extatique d'un animateur de téléachat. L'objet était une sorte de suspension pour pot de fleurs en macramé de fils plastiques, parfaitement adaptée pour une potée de géraniums par exemple, savamment et généreusement mêlée de perles et de plumes de pigeon, probablement recueillies dans la gouttière la plus proche. Elle avait dû bafouiller une excuse pour précipiter son départ et soulager le chatouillis intenable du rire qui montait dans sa gorge. Elle s'était libérée juste là, sur le palier, la porte à peine refermée ! Un enjouement parfaitement irrésistible comme elle n'en avait pas ressenti depuis longtemps, depuis l'école peut-être, qui lui faisait un bien fou. L'irrépressible crise de rire s'était abattue en déferlante sur la cage d'escalier de l'immeuble. Mais s'entendre rire en mode créole avait rapidement calmé sa joie débordante. Repenser à cette situation et à la performance du sorcier était cependant l'une des choses qui arrivaient encore à la faire sourire, au moins à la dérider.

Bref, rien n'y faisait. Malgré ses relations, son aisance financière et sa motivation, ses rendez-vous médicaux ressemblaient à un parcours du combattant dans un conflit de longue durée. L'ennemi, toujours présent, ne se voyait pas. En planque, il sortait comme un diable de sa boîte à la moindre tentative d'avancée en zone découverte. Elle travaillait chaque soir devant son miroir. Exercices de positionnement de langue contre le palais. Seule dans le noir, assise en tailleur sur les draps de soie, elle pratiquait le chant et la sophrologie pour tenter de détendre son larynx et sa nuque. Non seulement elle chantait un peu faux, mais tout ce qu'elle entonnait, de la berceuse pour enfants à une chanson de Barbara, se transformait en un étrange succédané de la Compagnie créole.

Dieu merci, le luxueux appartement était particulièrement bien insonorisé.

Le FAS ne la lâchait pas.

Pour ne plus y penser, elle courait parfois s'enfermer dans une salle obscure où voir des films d'auteurs français, longs et souvent très ennuyeux. Elle se laissait porter par l'ondulation des inflexions parisiennes rive droite, si délicieusement classiques.

Son nouvel accent décrédibilisait totalement son travail à la galerie. Elle ne pouvait plus répondre au téléphone et passait son temps à griffonner des notes pour son assistante. Il gangrenait ses relations sociales. Sophie n'était plus à l'aise nulle part. Elle avait l'impression d'être possédée et dépossédée à la fois. La liste des anecdotes gênantes s'allongeait de jour en jour. Elle n'osait plus faire les courses dans son quartier chic. Elle était devenue, pour tous, « la femme avec un accent étrange ». Ses interlocuteurs pensaient souvent qu'elle se moquait d'eux. Qu'elle le faisait exprès. Un snobisme à la Birkin, mais totalement hors de propos et incompréhensible.

Sophie ne savait pas vivre sans briller, et sa lumière était à présent d'une bien étrange couleur. Trop voyante et exotique. Son mari lui avait annoncé, la semaine précédente, sans gêne apparente, qu'il la quittait. Il considérait sans doute qu'elle n'était plus vraiment sa femme. Alors, avouer qu'il avait une maîtresse à Tokyo depuis un an (compter deux, elle savait corriger ce genre d'information par une bonne expérience de la vie) n'était pas si grave. Entendre qu'il prévoyait de s'installer avec elle d'ici à un mois dans une *nōka** à six cents kilomètres à l'ouest de la capitale japonaise, et avoir des enfants rapidement (DES enfants, rien de moins) puisque sa nouvelle conquête avait déjà trente-deux ans, était plus grave. Il était si détaché et amical qu'elle s'attendait presque qu'il lui propose d'être la marraine du premier-né. À sa plus grande surprise, elle n'avait été ni abasourdie ni démolie outre mesure. Une distanciation liée peut-être à sa maladie ? Puisque son corps n'était plus totalement le sien, sa vie d'avant devenait progressivement celle d'une autre. Pourtant, elle aimait cet homme, à sa façon. Depuis l'accident, c'est vrai, ils se voyaient difficilement. Et lorsqu'il leur arrivait de se retrouver, leur plaisir était surtout lié au vin partagé. Après tout, puisqu'elle ne s'aimait plus, comment pouvait-il, lui, l'aimer ?

Dans l'urgence, il s'agissait de bien choisir ses batailles. Elle ne souhaitait pas mener celle-ci.

Sophie Van Er Meer avait quarante-trois ans. Une assistante qui avait parfaitement démontré pendant son absence sa capacité à la remplacer à la galerie. Plus de mari. Et plus de voix au chapitre pour cause de décalage linguistique.

Sophie était assise sur le rebord de la fenêtre, largement ouverte, de son superbe appartement dans le Marais. En bas, les voitures passaient en flot ininterrompu. Elle les regardait défiler, lasse, baissant la garde un moment. L'air – était-il réellement glacé ou était-ce sa fatigue extrême qui la rendait plus sensible ? – fouettait l'appartement et pénétrait ses poumons à chaque inspiration. Le froid l'anesthésiait légèrement. La contemplation des habitacles en mouvement perpétuel se mua en fascination, son regard happé par le mouvement croisé des carrosseries grises, blanches ou bleu métallisé. Elle sentit monter en elle l'attraction étrange du vide et un doux sentiment de néant intellectuel. Sophie, aux trois quarts tournée vers l'extérieur à présent, pencha le buste, toujours très droit.

Un net mouvement du bassin la ramena à l'intérieur. Il faisait vraiment trop froid. Elle referma la haute fenêtre à petits carreaux. Dans le débarras, elle avait trouvé un paquet de cigarettes oublié par sa femme de ménage. Sophie l'avait toujours en main et le faisait tourner machinalement dans sa paume.

Elle s'apprêtait à allumer une cigarette. Elle n'avait pas fumé depuis le lycée. Elle savait qu'une cigarette ne suffirait pas. Elle allait la fumer, bien sûr, mais ce geste ne servirait à rien. C'était toute sa vie qu'une question de prononciation démolissait, et elle avait besoin de plus que quelques bouffées pour se changer les idées.

Elle allait partir. Pas seulement « prendre des vacances », comme lui avait conseillé son médecin. Elle n'avait jamais aimé les vacances. Elle y avait cédé dans le passé par convenance sociale, mais elle n'en voyait pas vraiment l'intérêt. Tout plaquer. Partir loin. Longtemps.

Sophie, dans sa version doudou créole, était malgré tout toujours Sophie, et tout se passa très vite. Elle fit ses bagages le soir même.

Le lendemain matin, Sophie est à Charles-de-Gaulle avec une valise griffée d'un double C pleine à craquer. À l'intérieur, des Moonboots Dior et son plus joli maillot de bain Vilebrequin.

Le plafond du hall est haut et métallique. Il amplifie les sons comme une boîte. Les gens pressent le pas, ou s'asseyent sur des sortes de bancs inconfortables flanqués d'accoudoirs fixes au drôle de design, ou s'arrêtent dans des cafés franchisés, qui n'inspirent que bien peu de chaleur. Pourtant, l'ambiance est celle d'une vie grouillante. Les peuples se croisent par vagues. Foulards islamiques, minijupes, boubous, costumes trois pièces. C'est passionnant, un hall d'aéroport.

Mais rien ne retient son attention : Sophie avance. Sans états d'âme, elle fonce tête baissée vers l'inconnu. Elle met son plan à exécution. Commence par le premier comptoir. Air Islande. Pose sa question.

— Avez-vous de la place sur le prochain vol ? Le prix n'a pas d'importance. Un aller simple si possible.

Accoutumée à toutes les langues, l'hôtesse lui sourit normalement de son sourire commercial. Tapote quelque chose et consulte son écran. Les choses commencent bien. Sophie a perdu l'habitude d'être regardée comme une femme ordinaire, non comme une bête curieuse. Il n'y a rien pour elle. Elle continue son chemin. Les stands des compagnies défilent. Elle les enchaîne.

African Star. Morocco Airlines. Air Canada. Asian Airlines.

Elle évite juste les pays où les tensions politiques lui paraissent trop importantes et ceux dont elle sait qu'il faut un visa pour y entrer. Partir vivre en Afghanistan, en Syrie, ou expérimenter l'immigration illégale aux États-Unis ne lui semble pas dans ses cordes.

Finnair. Air India. Air Paradise.

Sophie a toujours rêvé de cette expérience, au fond ! Depuis l'adolescence. Elle y voyait le comble de la liberté. Sauf qu'elle ne pensait pas le faire pour une telle raison.

Royal Jordanian. Air Brazil.

Décidément, les troubles du monde n'empêchent pas les vols complets. Sophie pousse son chariot au hasard. Elle s'impatiente. Pose sa question de plus en plus brièvement. Puis se lance un défi : trouver un billet dans les cinq minutes. Passé ce délai et sans résultat, elle conclura que son idée était complètement folle.

AeroMexico. Air Austral.

— Oui, madame, nous avons une annulation ! Vous pouvez embarquer en classe économique d'ici à cinq minutes si vous le souhaitez. Je peux même vous enregistrer directement, puisque vous n'avez qu'un bagage cabine.

Sophie Van Er Meer sort sa Gold. Elle cède à l'obligation du billet retour, qui gâche quelque peu son plaisir. Peu importe. Elle se dirige ensuite vers la porte que la jolie blonde au tailleur turquoise lui a désignée. Elle est très excitée.

Ce n'est qu'au moment de présenter son passeport qu'elle en prend conscience : elle ne part pas pour l'Australie. Elle se voyait déjà flâner autour de l'opéra de Sydney et découvrir les étendues rougeâtres du bush. Sur le billet, il est écrit : Aéroport Sir-Seewoosagur-Ramgoolam.

Mon Dieu, qu'est-ce que c'est que ça ? Où va-t-elle atterrir ?

D'un œil affolé, elle parcourt fébrilement le billet à la recherche d'une réponse. C'est souvent le cas lorsque l'on panique : on ne voit plus l'essentiel.

Maurice.

D'abord elle pense Mauritanie. Merde ! Sophie jure rarement, on l'a dit, mais là c'est trop. Désert et menaces de mort. Ne vaut-il pas mieux affronter son sort ici que de périr desséchée sous un chèche de mauvaise qualité, entre un chameau et une dune ?

Hébétée, elle récupère son passeport auprès d'un douanier aimable comme une porte de prison. Les passagers font la queue pour passer leurs bagages aux rayons X. Étrangement, ils ont l'air plutôt gais. Une vieille Indienne en sari, flanquée d'une valise plus grosse qu'elle, fait des coucous à une smala entassée de l'autre côté de la vitre. Des familles poussent leurs enfants devant eux, en tâchant de les empêcher de jouer avec les rubans élastiques tendus pour séparer les files d'attente. Un jeune couple énamouré, en short et tongs assortis, se tient par la main de peur de se perdre. Des personnes de type africain, sur leur trente et un, arborent chemises ou chemisiers aux couleurs vives, impeccablement repassés. Certains ont des mallettes. Les femmes sont en talons. Une ado en jean, jolie, teint mat, longs cheveux noirs lissés sur les épaules, yeux en amande dans le vague et écouteurs vissés sur les oreilles, a l'air blasé de ceux qui prennent l'avion comme on prend le train, probablement celui que Sophie présente habituellement lorsqu'elle voyage.

Mais aujourd'hui, c'est différent. Elle n'est vraiment pas rassurée. Rien ne colle avec l'image qu'elle a de la Mauritanie : un pays balayé par l'harmattan et qui n'a aboli l'esclavage qu'à la fin des années 1980 (un article de *Libé* ou peut-être de *Marie Claire*, lu chez le médecin).

De nouveau, elle scrute nerveusement son billet : Maurice, l'île Maurice ! OK... Elle se surprend à souffler, enfin. S'aperçoit qu'elle retenait sa respiration depuis un temps indéterminé.

Des plages de vacances éternelles. Le pays des voyages de noces. Manifestement un peu d'affaires à l'asiatique au vu des attachés-cases. Des hôtels, certainement. Et sûrement pas un seul musée, n'est-ce pas ? L'espace d'un instant, elle regrette l'Australie, et presque la Mauritanie. Non, pas la Mauritanie tout de même. Mais une île exotique, c'est tout petit, non ? Un genre de banc de sable planté d'un cocotier ?

Trop tard. Elle est passée sous le portique. Elle traverse les boutiques détaxées dont les produits lui font du gringue, sous le regard des vendeuses à leur poste. On appelle déjà son nom, au comptoir 22, avec ceux des derniers passagers du vol. Elle ouvre sa valise à même le sol. En extirpe deux ou trois éléments. Puis la referme. Fourre ses après-skis et une doudoune en plumes d'oie dans les bras d'un type médusé. Et encore, a-t-elle le temps de penser, il ne m'a pas entendue parler !

Se délester du superflu dans les bras d'un homme, belle image. Elle n'a emporté que l'utile, étant le genre de femme à ne pas s'encombrer de regrets. Au cœur de la valise pourtant, subsistent deux éléments déplacés, entre les couches textiles de peu d'importance. Si l'observateur omniscient tient à jouer au jeu des erreurs, une paire de grosses chaussettes de ski, épaisses à souhait, molletonnées de chenille sur le pied, renforcées au talon, retiendra son attention. Elles sont déformées l'une et l'autre et présentent une allure incongrue.

Un second douanier les remarquera lors du passage aux rayons X et demandera poliment à Sophie Van Er Meer d'ouvrir sa valise. C'est la première fois qu'on lui demande quelque chose d'aussi trivial – on contrôle plus rarement les passagers en première. C'est aussi la première fois qu'elle est en possession d'un billet en classe tourisme et qu'elle passe le portique avec autre chose qu'un sac à main, ses tailleurs voyageant habituellement en soute. Sa découverte fera sourire l'homme en uniforme. Mais il peut comprendre. Le douanier est un être humain. Il replace soigneusement les objets fragiles dans leur cocon de chaussettes, entre les tee-shirts et les petites culottes, et laisse le soin à Sophie de refermer son bagage.

Elle fonce à présent vers la zone d'embarquement avec un sentiment incommensurable de liberté. Son cœur est aussi léger que sa valise.

Chapitre 13
Alex et Sophie

Alex recevait les mots de Désiré comme autant de fenêtres sur un nouveau monde. Il le touchait du doigt, fresque vivante, débauche de couleurs vives. La caresse du soleil réchauffait sa carcasse frissonnante, lorsque l'immobilité le rendait hypersensible au plus léger courant d'air. Les mots de Désiré lui faisaient l'effet de ces pubs pour les gels douche, lorsque la fille, par un coup de baguette magique audiovisuelle, se retrouve téléportée de sa salle de bains jusque sous une cascade, au milieu de la forêt tropicale, où les rives d'un bassin fantastique, ourlées d'arbres géants, envahies de nuées de perroquets multicolores, débordent d'hibiscus surdimensionnés. Ce n'était jamais trop.

Il ne bougeait pas de sa chaise à roulettes. Pourtant, son cerveau bouillonnait comme s'il n'avait attendu que cette autorisation soudaine de se lâcher, agissant à la façon d'une drogue douce désinhibitrice d'imaginaire. Il goûtait les mots de Désiré, les inhalant par petites bouffées, les expirant en volutes – autant de phrases et d'expériences possibles pour Sophie.

Il se vautrait dans les excès poétiques, assis devant son bureau légèrement bancal, face à l'éternel mur piqueté de traces de punaises. Avant, il y avait là une dizaine de photos de Clo et lui. Ils s'étaient fait une tradition de développer une photo à chacun de leurs moments préférés. Nombreux avaient été les moments heureux, au vu de la surface grêlée qui lui faisait face.

L'enthousiasme que lui apportaient les messages de ce semi-inconnu – il ne connaissait que son nom après tout, encore fallait-il que ce soit le vrai – le surprenait lui-même. Les petits points noirs devant lui perdaient leur nostalgie, et devenaient tantôt des mots à deviner, tantôt un itinéraire à tracer sur une carte du ciel, comme les constellations que l'on dessine en forme de pont vers un ailleurs, un destin autre pour son personnage.

Les lettres de Désiré lui insufflaient, avec l'inspiration, l'envie de se lever dès le matin, un picotement dans les doigts impatients d'écrire, un optimisme qu'il n'avait pas retrouvé depuis qu'il écrivait gamin et, surtout, des idées qui venaient sans crier gare, se bousculant dans sa tête aux moments les moins opportuns.

Parfois, il s'arrêtait en pleine rue – les passants râlaient – ou s'enfermait dans les toilettes du resto et relevait à toute allure des bribes d'idées en vrac sur le petit logiciel de notes de son téléphone portable.

Le soir, et les jours de congé, son appartement se transformait en zone autonome livrée à l'état de siège. Lui qui les détestait se nourrissait de plats surgelés achetés dans la boutique proche dont l'enseigne était de notoriété publique synonyme de flemmardise culinaire. Lorsqu'il manquait de vivres, de grands bols de céréales acquis par lots de deux en maxipaquet, habituellement destinés aux familles nombreuses, lui servaient de repas. S'il n'y avait plus de lait, il les mangeait avec les doigts, à même le paquet, après quoi il pestait en constatant que les touches de l'ordinateur collaient.

Il avait investi dans un Thermos géant, qui prenait la moitié de la place sur son bureau. Qu'importe, il n'avait plus à se lever de sa chaise pour se refaire du café, ou du thé, selon ce qui lui tombait sous la main lors de la préparation des dix litres que contenait la machine.

Il oubliait d'ouvrir les volets et s'apercevait avec étonnement, en découvrant par hasard l'heure, que c'était déjà l'après-midi, alors qu'il l'aurait juré, il venait de s'asseoir à son bureau, après s'être levé aux aurores.

Il profitait de son boulot au resto pour récapituler mentalement les scènes à écrire. Le reste du temps, il décrivait sans relâche l'éblouissement de Sophie devant les merveilles que Désiré offrait sur un plateau de papier.

Il rêvait de Sophie la nuit, connaissait par cœur sa démarche, assurée et rapide, son parfum, un classique mais si classieux Chanel N° 5. Il entendait sa voix, et même son rire. Il s'était toujours dit que, si l'on se souvient du rire exact de quelqu'un, on peut se considérer comme l'un de ses intimes.

Il ne décrochait pour personne, excepté pour sa mère, et seulement une fois sur deux. Il n'avait pas rappelé sa sœur malgré plusieurs coups de fil, ni répondu au texto de son fils à elle, soit son neveu et filleul à lui – celui des gentilles lettres –, un « Rapel mOa Par1 », suivi d'une multitude de smileys et d'émoticônes, puis d'une dizaine de GIF d'animaux faisant n'importe quoi, de manière très anthropomorphique, ce qui les rendait aussi ridicules et drôles que des hommes. Il avait résisté à tout.

Ces tentatives cachaient probablement une manigance de sa famille pour lui arracher une nouvelle qu'il n'avait pas à leur servir. En effet, chaque fois qu'Alex se permettait de mettre un peu d'espace entre leurs discussions téléphoniques, maman imaginait le meilleur. Elle pensait qu'il avait de nouveau une petite amie, il le devinait à son air enjoué lorsqu'elle lui disait : « J'ai essayé de t'appeler hier, mais tu n'étais pas là… » Ces points de suspension inscrits dans l'air à travers le combiné traînaient comme le large sourire qu'il savait irrémédiablement inscrit sur son visage.

Comment lui jeter la pierre ? Il s'était surpris plus d'une fois, depuis qu'il recevait les lettres de Désiré, à sourire béatement pendant qu'il écrivait. Il vivait une pleine histoire d'amour avec sa création, puisqu'il se sentait si attaché à elle, à nouveau.

Il ne releva pas l'allusion de sa mère, ne démentit ni ne commenta, ce qui aurait prolongé la conversation, et il ne le souhaitait pas.

Ses doigts couraient sur le clavier, ne s'arrêtaient ni sur la ponctuation aléatoire, ni sur les fautes d'orthographe qui s'immisçaient ici et là dans son texte. Parfois, un mot volait la place d'un autre – il en avait la saveur, mais pas le sens. Approximation. Lui, si tatillon, écrivait de manière avide, dopé par l'effort qui n'en semblait pas un, sur un rythme effréné de valse rapide. Plus on la tourne, plus elle vous emporte, plus la tête tourne et plus on aime ça – poussée d'adrénaline –, jusqu'à faire corps avec son partenaire dans un tourbillon irrésistible. Il avait l'impression d'écrire à la vitesse d'Eminem débitant son *flow*.

La plante verte était jaune. Les sachets de thé moisissaient dans des soucoupes, posées au hasard sur le sol, autour de l'îlot central qu'était devenu son bureau.

Après une session de quatre jours d'écriture non-stop – vive les RTT –, une forte odeur mâle l'importuna tout à coup. C'était la sienne. En se résignant à aller prendre une douche, il croisa son reflet dans le miroir. Il était coiffé comme sa voisine Desireless, sans même l'aide d'un gel coiffant.

Et puis une si jolie comparaison naquit dans son crâne survolté, devant l'image déstructurée de ses cheveux gras, qu'il en oublia sa bonne résolution et courut rejoindre son clavier.

Chapitre 14

LA FEMME QUI PARLAIT AVEC UN ACCENT ÉTRANGE (3)

Les marches ajourées émirent un bruit métallique sous ses talons. En bas, sur le tarmac, l'air tout entier faisait trembler le paysage d'une vibration surréaliste. Quelques minutes auparavant était apparu dans le cadre modeste du hublot un patchwork d'étendues vertes, ponctuées de modestes sommets noirs et de maisons en grappes. La canne était partout. L'île semblait posée dans un écrin constitué de cercles concentriques : lagon, écume de haute mer sur les brisants, masse sombre et infinie du large.

Sophie avait troqué, dans l'inconfort exigu des toilettes de l'avion, son tailleur ajusté contre un pantalon de toile et un chemisier léger. Pourtant, déjà, le coton lui collait à la peau. L'hémisphère sud lui soufflait au visage son haleine ardente et lui happait le corps tout entier d'une seule bouchée. Elle traversa à pied la piste, surprise par l'absence de navette. Entre les voies dédiées à l'atterrissage, l'herbe rase était drue et de la couleur de certaines bouteilles de bière assez communes. Derrière les grillages, la mer s'invitait quasiment dans l'aéroport. Seule une ligne de cocotiers accentuait le cliché. Au-dessus du bâtiment de l'aérogare, se trouvait un toit terrasse où des familles, en nombre, attendaient les arrivants. Des passagers encore sur la piste levèrent la main. On leur répondit de là-haut. C'était un aéroport convivial, en quelque sorte. Sophie subit un autre choc thermique au moment de passer les portes. La climatisation était poussée au maximum. Elle eut l'impression d'entrer dans un réfrigérateur. Elle remonta le col de son chemisier, ses orteils se rétractèrent un peu dans ses chaussures, par réflexe, et elle s'avança dans le couloir moquetté, le regard rivé aux avions dont elle s'éloignait et au bleu de la mer, derrière eux.

Elle prépara son passeport pour le présenter au bureau de l'immigration. La petite fiche qu'on lui avait demandé de remplir lui servait de marque-page. Les files étaient longues. Mauriciens et résidants d'un côté, visiteurs de l'autre. Elle observa le large panneau qui menaçait de peine de mort les téméraires qui passeraient de la drogue. Elle remarqua l'air sérieux des douaniers, dénué de signe extérieur de gaieté. Décidément, la consigne était internationale. La sueur apparue si soudainement avait refroidi et raidissait les mèches de ses cheveux les plus fines dans sa nuque.

Elle sait qu'elle va rester là. C'est comme ça. Elle sait qu'elle n'en a pas le droit. Elle verra. Elle se sent dans la peau de l'enfant qui n'a pas appris sa leçon, au moment d'affronter l'examinateur. Inconfort de celui qui enfreint les règles alors qu'il n'en a pas l'habitude. Mélange flagrant d'intranquillité et de liberté.

La file avançait et Sophie s'approchait du comptoir en bois verni. L'homme face à elle était de type indien. Il ne répondit pas à son sourire lorsqu'elle lui tendit ses papiers. Elle avait rempli d'une écriture appliquée le feuillet distribué pendant le voyage. Provenance, port d'embarquement, numéro du vol, ainsi que la date correspondant au fameux billet retour. Motif du séjour…

Motif du séjour ? Que pouvait-elle répondre ? Elle avait inscrit « Tourisme ». Pouvait-on écrire « Changement de vie » ? Plutôt provocateur, non ? Sophie avait toujours fait ce qu'il fallait pour arriver à ses fins. Elle avait déjà arrangé la vérité. Ce fut donc sans ciller qu'elle donna le nom de l'hôtel aperçu dans le magazine édité par la compagnie aérienne, et qu'elle récupéra son passeport. Puis elle se dirigea vers la sortie. Non, elle n'avait rien à déclarer. Hormis le fait qu'elle ne rentrerait plus. Juré. Au moment où Sophie se faisait cette promesse, alors qu'au bureau de change ses euros se transformaient en monticules de roupies mauriciennes, elle sentit comme une digue se rompre en elle. Poussant le chariot chargé de sa valise griffée, elle ouvrit deux boutons de son chemisier, et sortit dans le soleil et la lumière. Elle marqua une pause. Elle y était. Dans ce lieu issu du hasard. Les arbres tropicaux étaient là pour le décor, de nouveau. Apprivoiser ce nouvel air. Elle apprendrait plus tard qu'il s'agissait d'arbres du voyageur, éventails végétaux offrant l'eau à qui plongeait une lame dans leur cœur. Elle se sentait un peu oppressée. Tout devait recommencer ici.

« Madame ! Madame ! Taxi ? »

Des hommes et des femmes portant la tenue du personnel des hôtels de luxe – costumes à col Mao beiges ou tuniques de lin turquoise – attendaient des passagers munis de petites pancartes manuscrites ou dactylographiées. Elle savait qu'elle n'était plus Mme Van Er Meer. Elle aurait dû refaire faire son passeport. Reprendre son nom de jeune fille : Moulinier. Mais elle était partie sur un coup de tête, sans penser à ce genre de détail. Elle n'était plus une dame qu'on attend avec une pancarte dans le hall d'un aéroport. Elle était une anonyme. Elle n'était plus une femme d'influence. Elle n'était plus la femme de. Elle n'était plus la femme qui. Elle n'était même plus la femme avec l'accent étrange. Qui savait ce qu'elle serait ici ?

Elle rangea le chariot, refusa poliment les sollicitations des taxis. Il lui fallait un café. Elle se dirigea vers la petite cafétéria, à l'extérieur, en contrebas. Une foule occupait bruyamment l'espace. Un nouveau taxi l'aborda. Elle lui promit la course s'il l'amenait à un autre endroit plus calme pour boire un café. L'homme hésita :

— Ici, madame, à l'aéroport ?

— Peu importe, mais au plus près.

À l'évidence, il ne voulait pas la décevoir.

— D'accord, je vois... Ça ne vous dérange pas si ce n'est pas très luxueux ?

— Peu importe, je veux juste boire un café !

— Je ne vous promets pas que le lieu vous convienne, mais on peut essayer. Venez avec moi ! Je prends votre valise.

Sophie suivit l'homme. Il portait des chaussures fermées malgré la chaleur, luisantes, en imitation cuir. Il traversa le parking, slaloma et dépassa les rangées de voitures, modèles désuets alternant avec les pick-up, mastodontes hauts sur pneus. Il vérifiait de temps en temps si elle le suivait, s'efforçant de ne pas marcher trop vite.

Elle aperçut, au milieu des voitures, un baraquement au toit en tôle, mais pas de café.

— C'est là qu'on s'arrête pour manger, madame, nous autres les taxis. On trouvera sûrement votre bonheur et, comptez sur moi, vous serez servie tout de suite !

Sophie croisa des chauffeurs qui jouaient aux cartes, aux abords de la baraque qui semblait une construction éphémère. D'autres, à l'intérieur, discutaient en sirotant des boissons gazeuses aux couleurs acidulées et des mugs de… café ?

Les taxis l'observaient discrètement, sans insistance, tout en saluant leur collègue à grand renfort de rires et de commentaires en créole. Elle devina que son chevalier servant se faisait un peu chambrer. C'est toutefois avec beaucoup de gentillesse que le tenancier sortit de derrière son espèce de comptoir fait de bric et de broc, après que le taxi lui eut adressé quelques mots.

— *Sorry*, madame, ici vous savez, on boit surtout du thé, mais il me reste un fond de pot de Nescafé. Vous préférez autre chose ?

— Non, merci… Un Nescafé fera l'affaire.

— Vous arrivez d'où ?

— De France.

— Ah ! Paris ?

— Oui…

— J'ai un neveu qui étudie à Paris ! Il dit que c'est froid, mais beau…

— Il a raison…

— S'il n'y avait la cuisine de sa mère, je le soupçonnerais de préférer rester là-bas ! Vous êtes déjà venue à Maurice ?

— Non.

— Alors bienvenue, et bon café ! J'espère que vous allez vous plaire ici.

Ils reprirent tous leurs conversations et activités, comme si de rien n'était.

Le café en poudre délayé dans l'eau chaude servi avec force lait et sucre était écœurant, mais Sophie n'avait ni le courage de refaire le chemin en sens inverse, ni celui de décevoir son chauffeur, manifestement ravi de l'avoir satisfaite. Elle sirota donc le breuvage en chassant les mouches gourmandes du revers de la main. Il manquait un morceau au dossier de sa chaise et la table en plastique était bancale sur le bitume, mais la nonchalance des clients la mit en confiance.

Elle était définitivement ailleurs.

Chapitre 15
Marie

Marie a la tête ailleurs. Aujourd'hui, elle n'arrive pas à se concentrer sur les mots de Désiré. Les rendez-vous d'écriture se sont renouvelés régulièrement.

Marie rit d'elle-même, se reconnaît bien là : s'emballer ainsi pour des gens, pour des choses. Elle rit, c'est vrai, mais un peu jaune. L'élan l'emporte souvent. Exagéré, mal calculé, amorcé à la hâte, il peut entraîner la chute, l'accident bête, qui ne fait rire que jusqu'au point où il fait pleurer : ce ne serait pas la première fois qu'elle dérape.

L'idée d'assister Désiré l'a amusée dès le début, elle doit le reconnaître. Il faut dire que c'est lui qui l'a choisie. Elle n'a eu qu'à suivre.

L'histoire est prometteuse. Elle s'est laissé contaminer par le désir de cet homme. Elle aussi a envie de connaître la suite et la fin !

Cependant, ce qui l'a décidée, bien que prise au dépourvu, est la manière dont Désiré s'est exprimé dès que l'auteur a accepté sa proposition. Comme s'il livrait ce qui attendait depuis longtemps d'être dit. Il lui fait confiance spontanément pour être la dépositaire de son intimité. Désiré et Sophie lui font la même impression : ce sont des êtres capables de s'investir totalement, sans se retourner à chaque pas. De l'étoffe de ceux qui changent le monde.

Pourtant, cachée dans l'épaisseur des confidences, elle perçoit une retenue. Vis-à-vis de qui ? L'auteur ou elle-même ? Elle ne cerne pas exactement ce qui la chiffonne, mais cela l'agace.

Et puis elle refuse de trop se rapprocher de cet homme. Elle a suivi des formations pour gérer ce risque : ne pas s'attacher, conserver une distance, éviter l'affect qui nuit à l'efficacité de l'aide apportée.

Elle ne peut cependant pas faire l'économie de l'admiration. Désiré et Sophie ne se laissent pas déconcentrer. Marie, c'est le contraire. Chaque courant qui passe, elle le subit comme l'oiseau. Elle aimerait voir tous les films, lire tous les livres. Le choix est toujours douloureux pour Marie ; une décision à prendre précipitamment, un enfer. Elle n'est jamais très sûre. Elle regrette souvent. Elle ne le montre pas : elle sait cacher ses hésitations permanentes sous l'apparence d'une jeune femme pimpante et rigolote. Il lui arrive tout de même, pour sa décharge, quelques grands emballements, comme celui-ci, où elle plonge avec délices, cédant enfin sans mouvement de recul à une exigence qui se doit d'être essentielle. La phobique de l'eau qui s'abandonne au plaisir charnel des vagues. Puis s'en veut d'avoir pris le risque.

Voilà pourquoi il est plus facile de jouer les choix à pile ou face, de laisser les autres décider, ou de suivre une ligne de conduite prédéterminée. Elle connaît les règles du travail social, même non rémunéré. Elle s'y plie. Elle sait les dérives des extrêmes : assistanat sentimentaliste *versus* traitement administratif. Elle se plaît à croire qu'elle saura gérer le numéro d'équilibriste et faire la part des choses. Après tout, elle a répondu à une demande, fait face à un besoin, peu conventionnel, certes, mais réel. OK. Il faut rester droite et regarder devant, tenir le fil de ce qu'on a à faire sans se laisser influencer, à l'image de ces plantes qui laissent l'eau de la pluie rouler, billes transparentes sur leurs feuilles ouvertes.

Chapitre 16

LA FEMME QUI PARLAIT AVEC UN ACCENT ÉTRANGE (4)

Dans cet étrange café sur le parking de l'aéroport, Sophie avait sympathisé avec son chauffeur de taxi. L'ailleurs facilite les rencontres d'une manière déconcertante : elle le découvrait avec la naïveté d'une nouvelle venue dans une vie très différemment ordinaire. Elle ne savait pas où aller. Baptiste le comprit. Alors, tout en la questionnant – pourquoi était-elle à Maurice ? Connaissait-elle quelqu'un ici ? N'était-elle vraiment jamais venue ? Car elle parlait comme les gens d'ici. Avec l'accent des Blancs de l'île Maurice, voulait-il dire, sauf son respect. Il prit la décision pour elle. Son vol de nuit était arrivé tôt, ils profiteraient de la journée pour faire un petit tour dans l'île. Si un endroit lui plaisait, il lui trouverait un bon hôtel, qu'elle ne s'inquiète pas. Sophie répondait sincèrement : ici elle n'avait rien à cacher.

Il avait ri de bon cœur lorsqu'elle lui avait expliqué comment elle avait acheté son billet, n'avait pas commenté sa volonté de changer de vie. Il avait demandé si elle était mariée, mais n'avait pas insisté lorsqu'elle avait simplement haussé les épaules, et très naturellement enchaîné sur la question des frères et sœurs éventuels, mais sauté celle des enfants.

La route défilait et Maurice avec elle. La toponymie la berçait d'un exotisme étrange et décousu : Mahébourg, Blue Bay, Trois Boutiques, Camp Diable, Rivière des Anguilles, Souillac, Riambel... Routes entre les cannes, petits ponts de pierres noires sur des rivières ondulant entre les cailloux, encadrées d'arbres en avalanche sur les berges...

Baptiste lui avait dit qu'ils passeraient par la côte. Le sud était plus sauvage, il fallait qu'elle voie ça.

Surinam, Bel Ombre, Baie du Cap...

Cases de pêcheurs et boutiques en tôle, pas toujours très droites. Plus haut, belles maisons de bord de mer, qu'on devinait derrière les murs hauts couverts de fleurs, à travers les portails de fer forgé ou de bois peint en blanc.

Le Morne, Case Noyale, Rivière Noire, Tamarin... Montagnes découpées comme des images en collage, sur fond de ciel empli de nuages blancs, éclatants et cotonneux, déesses bienveillantes laissant renaître l'horizon entre elles chaque fois.

Ils s'étaient arrêtés pour manger, debout près d'une gargote, une espèce de galette agrémentée de trois cuillerées de sauces différentes, balancées avec dextérité par la main sèche du marchand. La crêpe était ensuite roulée tout aussi rapidement dans un fin papier blanc, un peu comme ces papiers de soie que l'on trouve au fond des boîtes à chaussures.

Les goûts avaient explosé sur sa langue. Juste avant qu'elle ne sente sa bouche intégralement anesthésiée par le piment, puis dévastée par la brûlure. Les larmes aux yeux, elle avait ri avec Baptiste, qui s'était excusé de n'avoir pas prévenu.

— Il faut aimer les *dal pouri** pour vivre ici et sûrement un peu le piment aussi ! Il ne vous reste plus qu'à boire du thé au lait comme tout le monde, et vous pourrez rester !

Leurs pérégrinations les menèrent jusqu'à Port-Louis. Le soir tombait et Baptiste la déposa dans un petit hôtel, un peu minable, en lui recommandant de ne pas se promener seule, qu'ici il n'y avait pas d'hôtel de luxe, qu'il viendrait la chercher le lendemain si elle le souhaitait. Il appellerait à l'accueil pour le savoir.

Sophie se doucha au fond d'une chambre sans caractère, dans cette étonnante capitale qui semblait déserte. Elle se coucha, les couleurs de la journée en tête, et s'endormit aussitôt, d'un sommeil sans rêves.

Ce furent les échos de sa propre voix, ou quelque chose d'approchant, qui la tirèrent de son sommeil ce matin-là. Du bas de la rue, ils lui parvinrent, par bribes, par-dessus la nuée de sons communs aux grandes villes. Il était très tôt. La vie démarre au lever du soleil, à 5 ou 6 heures du matin, dans les régions du monde où l'on prend moins le temps de ressasser le passé que d'affronter le jour qui vient. L'avenir appartient à ceux qui se lèvent tôt. Nul n'a dit que cet avenir serait facile. Les odeurs de friture envahirent la chambre dès que Sophie ouvrit la fenêtre. La lumière blanche dardait déjà le mélange hétéroclite d'immeubles sans intérêt, de buildings contemporains à géométrie variable en verre trempé et béton, et de maisons d'un autre temps, dignement penchées. Sous les toits de tôle encore, bordés ceux-là de frises en dentelle typique de l'architecture coloniale insulaire, les boutiquiers commençaient à rabattre les volets à persiennes sur les murs de bois marqué par le temps, puis s'installaient avec leur thé en regardant la rue, sur leur balcon juste assez large pour y mettre leur chaise ou leur fauteuil en rotin.

Des passants achetaient déjà des cornets de samoussas agrémentés d'une sauce au piment vert. Des livreurs s'arrêtaient. Des vélos passaient, chargés tantôt de légumes entassés en montagne, tantôt de sortes d'aquariums, caisses de verre emplies de beignets salés ou de douceurs aux couleurs vives. Les bicyclettes devaient slalomer entre les passants, dont la masse se densifiait avec une rapidité déconcertante. L'espace d'un instant et la rue grouillait. Les marchands chinois ouvraient portes et rideaux de fer. Les hommes en costume et mallette pressaient le pas. Des dames en sari avançaient accrochées aux anses de grands paniers de plastique tressé, les cabas locaux. Quelques jeunes femmes élégantes, habillées à l'européenne, se dirigeaient vers le quartier moderne, au loin. Il s'agissait des banques, lui indiquerait-on à la réception. Des écoliers, seuls ou en petits groupes rassemblés par couleur d'école, chemisettes claires tranchant sur les motifs à carreaux ou les tissus foncés des shorts, pantalons, ou jupes-culottes des filles, piaillaient comme des moineaux. Sophie, a priori opposée à toute uniformisation, se surprit à aimer ce qu'elle voyait. Jusqu'aux petites cravates à blason que certains enfants arboraient. Et les tee-shirts à dentelles et les jeans délavés des jeunes créoles. Et les ensembles indiens des autres. Et les foulards légers des musulmanes.

Tous savaient où ils allaient. Pas de flâneurs, les touristes n'étaient pas encore là et, manifestement, elle n'était pas dans le quartier où elle les rencontrerait.

Elle avait envie de sortir et de prendre un bain de foule bigarrée, de se laisser porter par elle, où que ce soit. Peut-être trouverait-elle sa place dans ce puzzle où chacun semblait avoir la sienne.

Les jours, puis les semaines qui suivirent, Baptiste l'emmena un peu partout, du nord au sud et de l'ouest à l'est du territoire à découvrir. À la fin de chaque après-midi, il la ramenait à l'hôtel. Tôt le lendemain matin, ils reprenaient la route avant que les embouteillages ne bloquent la capitale et ne provoquent les coups de Klaxon. On disait *trompe* en créole. Parfois, le vacarme évoquait en effet le barrissement. Il semblait s'agir d'un sport national. Pour ordonner la circulation, au milieu du carrefour, un policier ganté de blanc gesticulait à l'anglaise. Maurice avait conservé sa culture britannique en matière de scolarité, d'administration ou de lois. Cette chorégraphie, sorte de breakdance militaire, était exécutée avec aisance par l'agent.

Ils avaient roulé pendant des heures, longeant d'abord les plages et par endroits la barrière des hautes murailles blanches protégeant les campements, résidences secondaires parfois luxueuses des habitants les plus aisés de l'île, qu'ils louaient aux visiteurs, principalement européens, surtout français. Puis, ayant achevé le tour de l'île, ils avaient des jours durant sillonné les grands axes transversaux, puis les routes secondaires et chaotiques. Enfin, Baptiste avait accepté en ronchonnant de pousser encore l'exploration. Son taxi était son outil de travail, tout de même, pas question de l'abîmer. Il s'enfonça néanmoins vers les villages retirés, dans les chemins de canne menant parfois à un bout de rivière ou à une insignifiante cascade ignorée. Jaillis de nulle part, ou plutôt des masures que l'on apercevait, imprévues et isolées, au fond de l'étendue immensément verte du champ de sucre, des enfants vous y emmenaient, riant et tirant les visiteurs par la main. Baptiste empruntait aussi les petites routes de montagne, sinueuses, où les *kabri** vous attendaient au détour d'un virage en épingle. Le dimanche était consacré au repos, et Sophie en profitait pour se promener dans la capitale désertée, s'aventurant quelquefois jusqu'aux docks où les containers rouillés attendaient d'être déchargés, ou de repartir pour une nouvelle aventure sur les cargos venus d'Afrique ou d'Asie. À plusieurs reprises, elle était allée manger chez Baptiste, qui l'avait naturellement et rapidement invitée chez lui. Sa femme était flattée que Sophie apprécie tant le pays et sa cuisine. Elle s'était montrée très amicale dès la première rencontre. La petite maison était bien tenue, mais les murs n'étaient pas peints, ce qui permettait au chauffeur de taxi d'éviter les taxes imposées aux bâtiments finis. Des tiges de métal torsadées dépassaient de son toit plat et pointaient vers le ciel, mâts rouillés dépourvus de drapeau, qui laissaient la possibilité de ferrailler un jour les murs porteurs de l'étage. Baptiste comptait les monter lorsque son fils se marierait et fonderait sa propre famille. L'escalier était déjà construit, gris comme le reste. Pour l'heure, les chiens de la maison avaient élu domicile sur le toit plat et y accueillaient les visiteurs en aboyant. Sophie avait aussi rencontré des cousins, des tantes et des camarades quand, au cours de leurs pérégrinations, Baptiste en profitait pour rendre visite à ses proches. L'homme était heureux de faire découvrir son pays à cette cliente exceptionnelle. Elle apprenait le créole en même temps qu'elle découvrait l'île grâce à lui. D'ailleurs, elle s'était mise à comprendre le *morisien* avec une facilité inattendue. Chacun lui disait que sa manière de le parler était étonnamment proche de celle qu'aurait une Blanche d'ici. Baptiste la traitait comme une amie intime ou un membre d'honneur de la famille. Elle avait l'impression que tous en faisaient de même. Elle se laissait chouchouter et peu à peu abandonnait les critères de sa vie française. Elle percevait qu'il existait ici aussi une société bien née, vivant selon des principes plus semblables à ceux qu'elle avait quittés. Son appartement parisien avait trouvé locataire. Sa galerie un acheteur. L'argent ne l'inquiétait pas. Elle dépensait d'ailleurs moins en une semaine sur l'île qu'en un jour à Paris. Pourtant, tout n'était pas si simple. Son visa de tourisme allait expirer. Et l'administration locale ne transigeait pas. Une prolongation de trois mois avait été obtenue sans trop de difficulté. Mais le temps filait. Les six mois fatidiques seraient bientôt écoulés.

C'est à peu près à ce moment que la jeune sœur de Baptiste, enceinte, commença à éprouver des difficultés pour se rendre au travail. Elle était institutrice à Montagne Longue, village perdu au-dessus de Port-Louis, entre hauteurs et champs de canne. Il fallait quelqu'un pour la remplacer, et elle demanda à Sophie si le poste pouvait l'intéresser. La Française argua qu'elle n'était pas enseignante, et n'avait par ailleurs pas vraiment besoin de travailler pour l'instant. La jeune femme lui rétorqua qu'une personne maîtrisant parfaitement le français et l'anglais, comprenant le créole et, surtout, possédant une culture comme la sienne, était rare ici. Les enfants n'auraient pas, dans le système de recrutement classique, d'autre chance de trouver quelqu'un d'une telle ouverture, prête à accepter d'humbles conditions de vie et de salaire dans une zone retirée de surcroît. *Sa ki pou enn gran privilez* !*

Cette solution lui donnerait sûrement le moyen de rester plus longtemps et de trouver une solution pour son permis de séjour ! Sophie accepta d'aller voir les lieux. De manière inattendue, elle tomba amoureuse de leur simplicité, aux antipodes de ses goûts géographiques précédents. Loin de Paris, Rome ou Tokyo, le village n'avait pour toute infrastructure qu'un terrain de foot. Elle tourna son regard vers le lointain Pieter Both*, sommet coiffé d'une roche ronde, tête en équilibre incertain et un peu magique au-dessus du massif. Les yeux intimidés et curieux des enfants aux têtes brunes, lisses ou crépues, leur intérêt bienveillant à son égard achevèrent de la fléchir. Sophie n'aimait pas spécialement les enfants. Elle n'en avait jamais ressenti le manque. Dans son milieu, ce choix n'était pas inconvenant. Pourtant, un caillou sur la montagne et quatre ou cinq gosses assis sur un muret, dont l'un, aux yeux plus clairs, l'avait tout particulièrement fixée, l'avaient convaincue. La directrice de l'école, ravie de cette candidature aussi spontanée qu'étonnante, accepta d'appuyer la demande de permis de travail. Elle avait un cousin au ministère, il les aiderait.

Armée de son tout nouveau contrat, Sophie se rendit au bureau de l'immigration à Port-Louis, dans une petite rue face à la cathédrale, après avoir traversé un quartier à pavés disjoints. Dans la joie des démarches administratives. Sophie fit connaissance avec une femme qui s'occupait de sa nièce, boursière. Elle expliqua à Sophie que le système éducatif offrait un appui financier aux élèves obtenant les meilleurs résultats au HSC, le diplôme anglais de fin d'études secondaires, aide qui permettait d'aller étudier à l'étranger. Lorsque le nom de sa nièce avait paru dans les journaux, la famille avait accueilli ce succès avec une fête et une fierté extraordinaires. Famille constituée de pêcheurs et femmes de pêcheurs, coupeuses de canne, *nenenn** à la rigueur. Cette nièce serait la première à étudier, à voyager aussi.

Au moment où leur tour arrivait, le fonctionnaire qu'on apercevait par la porte vitrée rangea méticuleusement ses affaires et attrapa sa mallette pour s'en aller. Sophie l'interpella vivement à sa sortie dans le couloir.

— Mais, nous ne sommes pas passés !

— C'est l'heure de la fermeture, madame. Il faudra revenir demain.

— Ce n'est pas possible, nous sommes là depuis des heures !

— Vous savez, pour moi c'est pire : je suis là depuis dix ans !

Et le petit monsieur en costume gris s'empressa de descendre les escaliers. Les personnes qui attendaient derrière Sophie, apparemment résignées, repartirent de leur côté. Sa nouvelle amie lui posa une main sur l'épaule.

— Ne t'inquiète pas, Madame la Française, il vaut mieux ne pas s'énerver avec eux, sinon ils ne feront rien pour que ton dossier avance. Je dois revenir aussi. On se retrouve demain ?

Sophie, partagée entre l'indignation et la honte du scandale, choisit finalement de se taire, car il était certainement moins commode pour les autres de revenir que pour elle, qui était finalement un peu en vacances. Et puis la perspective de repasser une demi-journée à papoter avec cette femme la réjouissait.

Les deux femmes s'étaient donc retrouvées et avaient dû patienter encore un bon moment. Le dossier de la nièce avait été complété et Sophie avait miraculeusement obtenu son *work permit*, simplement parce que son tour était arrivé juste avant l'heure du thé. Elles décidèrent d'aller fêter leur succès. Dans un petit snack, Sophie fut initiée au plaisir du napolitain, deux couches de pâte sablée sur un fin liséré de confiture, le tout recouvert d'une généreuse épaisseur de glaçage rose. Elle ne savait pas encore que cette gironde créole qui l'accompagnait, plus jeune qu'elle d'une petite dizaine d'années, allait devenir sa première amie et sa sœur dans l'île pour très, très longtemps, celle qui lui montrerait la rondeur et le sucre, le reste aussi.

Chapitre 17

Porte de la Chapelle

Les hommes se tiennent en groupe, non en meute comme les fauves, plutôt en troupeau de chevaux en position de défense : cercle de silhouettes repliées, visages vers l'intérieur. Tourner le dos est signe de défiance, de ruade à venir, de résistance aux agresseurs, à tous les éléments qui assaillent : froid, isolement, faim et soif, manque d'hygiène et de dignité, indifférence, privation de patrie, de famille, d'amis. Ils se tiennent donc debout, ces épouvantails vivants offerts aux courants d'air, ronde fantomatique, autour de la bouche d'aération du métro. Les blousons sont trop larges et les manches trop courtes. À croire qu'en France, il n'y a que les petits gros qui donnent des fringues aux bonnes œuvres. L'air chaud aux relents malodorants que soufflent les grilles vient des entrailles de Paris. Loin du courant d'air sexy entre les jambes de Marilyn.

Il a commencé à faire plus froid. L'hiver est là, drame quotidien lorsqu'on vit dans la rue. Marie le sait depuis qu'elle donne un coup de main. Une plaie de plus, autant que la forte chaleur de cet été, autant que la pluie qui, à l'automne, au printemps, détrempe sans distinction les trottoirs, les corps recroquevillés et les pauvres draps et couvertures sales.

Dans ce dortoir à ciel ouvert, des milliers d'hommes vivent, dorment et cauchemardent sous les ponts des quatre voies hurlantes. L'un d'entre eux a récupéré un matelas, et accroché des fleurs en plastique au treillis urbain qui lui sert de tête de lit. Il y a aussi une image encadrée de son Dieu, peut-être. Le tout est presque beau. C'est à chialer. C'est à espérer aussi : n'offrez rien à un homme, il en fera son chez-lui.

Marie pense en fille de la campagne : ces humains n'ont même plus le contact avec la terre qui ressource. L'arbre près duquel on sert comme on peut des petits déjeuners, où l'on dispense de temps en temps des débuts de cours d'alphabétisation dans la langue de Molière, pliera bientôt par manque d'énergie à donner, séché de sa sève, aigri de ne pouvoir allonger ses bras plus loin pour protéger. Les bénévoles les plus investis subiront sans doute le même sort. Marie espère que d'autres arbres repousseront, d'autres hommes se dresseront pour suppléer à ceux qui se penchent pour vomir. Elle espère comme on s'accroche.

Un Érythréen en colère lui a dit, dans cet anglais migratoire que tous apprennent ici : *We are no animals*. Marie a hoché la tête, tout en pensant exactement l'inverse. Votre survie est animale. Votre résistance le démontre. Puisqu'on pousse ici l'exil à son paroxysme, jusqu'à celui du statut d'homme, qu'est-ce qui prouve encore que nous ne sommes pas tout simplement des animaux ? Qu'est-ce qui reste inscrit dans notre ADN, en dernier recours : la survie de l'espèce ? Alors ce seront les plus forts, les plus résistants, les plus nombreux qui resteront ? Question ultime de biologie. Ou les plus riches ? L'argent a-t-il le pouvoir sur les lois de la nature ?

Le carrefour pourrait être banal sous le froid regard croisé des immeubles hauts qui forment des haies d'honneur aux avenues passantes et des ponts du métro aérien. Il y a là quelques placettes qui rêveraient d'être charmantes dans une autre vie. Mais les trottoirs et terre-pleins sont uniformément mangés par les camps de fortune, striés de silhouettes à terre et de lignes de détritus. Dans le coin, un grand portail est gardé par une escouade de gendarmes en tenue et deux bergers allemands qui, pour l'instant, ont l'air de s'ennuyer ferme à côté des ganivelles encadrant des files d'attente imaginaires. Si l'on passe les gendarmes, si l'on passe les chiens, si l'on passe cette espèce de no man's land, on arrive aux vigiles, qui, en poussant un bouton placé derrière la vitre de leur Algeco, peuvent, ou non, actionner le tourniquet de fer permettant d'accéder à ce bâtiment étrange en forme de bulle, qui évoque certaines utopies architecturales des années 1970. On le voit de loin. Les passants ne savent pas de quoi il s'agit. Ils ignorent de quelle jolie symbolique cette bulle est l'incarnation.

Lorsqu'elle est arrivée là pour la première fois, en sortant du métro, Marie a demandé où se trouvait le centre. Les gens du quartier l'ignoraient. Pourtant la bulle était juste là, de l'autre côté de la route, il lui a simplement fallu lever le nez pour l'apercevoir. Personne n'a dû lever le nez. Les gens se protègent comme ils peuvent. Ils ont juste haussé les épaules en désignant vaguement le carrefour. Des migrants ? Il y en a plein là-bas. Derrière cette bulle officiellement réservée à l'accueil de quelque trois cents sans-papiers par jour, Marie a donc découvert le centre d'accueil des migrants : une friche industrielle, des dortoirs sous tentes rangées en allées dans le grand hangar. Autour, des containers orange contiennent le tout et le rien de la survie de base.

Marie vient de faire une « nuit ». Elle observe encore, cherche à comprendre.

Tout fonctionne au coup par coup ici, dedans et plus encore dehors. Cette adaptation permanente est l'un des obstacles à la gestion de la crise. Les organisations laïques, religieuses, mandatées par l'État, indépendantes, citoyennes, parfois bénévoles, plus ou moins réglementées, plus ou moins en colère, se relaient, s'entrecroisent, et arrachent, comme elles peuvent, dans l'urgence, un peu d'humanité sommaire à la marée de dégradations qui englue les hommes alignés sur le sol de bitume. Un jour de gagné, parfois seulement une heure, selon les cas : on est en guerre, mais les balles n'achèvent pas les victimes.

Marie regarde la misère et le non-droit se compartimenter. Le quartier des Soudanais, dans la rue juste devant. Les Afghans là-bas, les Érythréens à côté. Elle n'a pas encore imprimé totalement la carte géographique du lieu. C'est la grande foire des sans-papiers, à même le béton du beau Paris.

Chaque fois qu'elle descend au bout de la ligne 12, c'est la même rengaine : le centre bulle est saturé, il tangue comme ces canots bondés qui dérivent sur la mer Méditerranée. Chaque soir, une queue plus longue d'hommes attend, jusqu'au bout de la nuit, espérant entrer miraculeusement au matin et gagner quelques jours de répit, quinze au maximum. Seule une poignée d'entre eux passent. Mais chaque jour des centaines de nouveaux arrivent sur le boulevard Ney.

Il y a quelques mois, Pamela Anderson est allée à Grande-Synthe et à Dunkerque. Un quatuor à cordes a joué près de la bulle. Un fest-noz a été organisé quelque part en Bretagne au profit des migrants. Ici, des êtres sont prêts à crever, perclus de la tristesse du monde. Étranges décalages. Tout est pourtant essentiel : le terre à terre et l'accessoire. Tout manque. Un bébé est sauvé in extremis de la rue par une jeune femme bénévole. Il est né en avance. Il est beau, c'est un ange. Il aurait pu être le plus laid des enfants que cela n'eût rien changé. Quel sera son avenir ? se demande Marie.

Elle y passe de plus en plus de temps, porte de la Chapelle. Elle y dort quelques heures parfois, sur un canapé pourri. Elle se prend une claque. Elle qui avait commencé tranquillement à faire du social sur des horaires calés, comme on fait de la Zumba, se retrouve prise au corps dans de l'humanitaire, du pur, du dur, avec ses déviances et ses inexactitudes, ses énergies folles et ses vies qu'on y laisse, des deux côtés. Côté crève-la-faim, côté volontaires. Les illusions sur le pays où elle vit perdent leur éclat. Elle n'a pourtant jamais autant aimé la France que depuis qu'elle a remis les pieds dans ce pays qui l'a vue naître. Elle y gagne une conscience politique plus forte – il paraît que c'est le cas de tous – malgré sa naïveté de débutante, à force d'être incapable de répondre aux besoins, de ne pouvoir inventer des solutions, à force de nettoyer le trottoir nauséabond, les poubelles qui dégueulent leur lot de rats et de vers blancs increvables, qu'on craint de retrouver le soir dans ses chaussettes. Le tout face à la Déchetterie municipale : l'ironie est puissante.

Marie digresse, elle ne dort plus assez. Demain sera plus doux. Elle retrouvera Désiré pour goûter à sa part du rêve et croire aux histoires qui finissent bien.

Alors Marie rentre. Marie se rassure. Se contente de faibles victoires, d'aimer sa vie tellement plus simple. Puis de nouveau se dégoûte de savourer un café chez elle alors que cet enfant va dormir dans un camion, sur une couverture de fortune. Elle puise dans son quotidien tous les bonheurs qui lui donneront l'énergie de continuer à tenir son infime rôle dans cette opération de sauvetage. Elle presse les joies pour en extraire l'essentiel. Puis lui reprend l'envie de hurler : ceux qui disparaissent, où vont-ils ? Une fois encore, elle se contente d'une rencontre avec un autre inattendu, qui est plus abordable et dont la blessure lui semble possible à soigner. Elle pense à Désiré. Elle pense à l'amour, à son avenir à elle. Pour tous les autres, elle ne sait pas.

Elle décide de ne plus se poser de questions, elle n'en est pas capable pour l'instant. Marie se blinde, trouve la force de ne s'attacher à personne, ni aux bénévoles, ni aux migrants, pour faire du bon boulot, efficace : ne pas imaginer l'histoire des gens, ne pas se faire de films. Elle y arrive quelques heures, quelques jours. Elle oublie. Elle retourne à La Chapelle, y retrouve intact, grognant, le désir de changer les injustices qui lui mange les tripes, et la colère qui la ravage parfois lorsque l'impuissance est plus forte.

Désiré dirait que l'imagination est le moteur. Il faut pourtant prendre garde à sa puissance : l'imagination te perd rapidement dans ses arabesques. Elle peut tout t'offrir, mais te compliquer le quotidien aussi. Elle peut te paralyser une vraie vie, en amour ou ailleurs. Marie le sait bien, elle lui a déjà joué des tours. Avec Désiré seulement, elle arrive parfois à juste écouter. Elle ne s'imagine plus rien, se contente d'écouter la suite de l'histoire.

Chapitre 18

Sophie et Alex

Les doigts d'Alex tremblent un peu lorsqu'ils s'approchent des touches. Alex doute. L'effet euphorisant des mots de Désiré commence à perdre de son effet. La magie s'estompe, même s'il n'a pas envie de le reconnaître. Il sent l'heure du véritable travail arriver, celui qui fait qu'on lutte avec les mots qui hier encore coulaient comme une rivière.

Il se dit : c'est la fatigue. C'est vrai qu'il dort peu, enchaîne ses deux vies, cuisinier et écrivain, non-stop.

Cependant, il sait que quelque chose d'autre ne va pas.

Il se balance sur la chaise à roulettes, d'avant en arrière comme les gosses à l'école. Il a l'impression que Sophie le toise d'un air moqueur, elle n'est pas dupe. Elle ne l'a jamais été. Il regarde autour de lui. L'appartement commence à ressembler à un dépotoir. Dans l'éblouissante clarté des mots de Désiré et de sa propre soif d'écriture enfin étanchée, il a trahi Sophie. Dire que tout va bien, quelles que soient les incohérences, il l'a toujours fait, Alex. Et pas seulement en littérature.

Il sent que Sophie, en résistant brusquement, veut lui rappeler qu'elle est tout sauf malléable. Une femme de tête de sa trempe ne se transforme pas d'un seul coup en gentille institutrice contemplative. Manque de crédibilité.

Le regard d'Alex tombe sur l'étagère archipleine qui lui sert de bibliothèque. Les auteurs sont rangés par style, de A à Z. D'autres procèdent par couleur, par taille. Lui trouve presque criminel de traiter les livres comme de vulgaires objets de déco. Son doigt file sur les tranches des éditions de romans, pièces de théâtre, études et documents, livres d'art. Point de facilité dans ce qu'il aime lire. Au sol, un tas en vrac de volumes rapportés de chez sa mère, il y a quelque temps, oubliés dans une malle vermoulue au fond de la cave : de vieux ouvrages de poésie. Un truc qu'il ne lit pas, lui. Papier rendu gris par le temps, taches d'humidité et odeur addictive de moisissure. Alex n'avait jamais vu ces livres. Il en avait ouvert un par curiosité et, interloqué de reconnaître l'écriture avant même de lire le nom inscrit sur la page de garde, découvert le patronyme du propriétaire. « C'est à ton père », avait dit sa mère naturellement.

Il ne savait pas que son père avait possédé des livres. De poésie, qui plus est, et d'après les titres balayés d'un regard, de poésie uniquement engagée.

Il avait l'impression de découvrir une personne jamais rencontrée. Comme quand il observait l'une de ses fenêtres pour chercher l'inspiration et deviner la vie du propriétaire.

« On les garde ? avait demandé sa mère. Sinon, Emmaüs les prend. »

Alex n'avait pas répondu. Il avait filé chercher un gros sac en plastique bien épais. Ils avaient enfourné les livres dedans, son trouble avec.

« Tu me rapporteras le pochon », avait-elle conclu laconiquement.

Alex réfléchissait à Sophie, à Maurice, à la poésie, à son père, au courrier qu'il allait devoir écrire à Désiré... Perdu, debout comme un con face à sa bibliothèque, en jogging et chaussettes dépareillées, il saisit un des recueils de son paternel, s'assit par terre, et se mit à lire.

Chapitre 19

Marie et Désiré

La jeune femme et l'homme se font face. Attablés dans le coin, pas trop près des jeux, pour éviter le bruit, ils lisent ensemble le courrier de l'auteur, comme ils le font chaque fois. Petite routine.

Cher Désiré,

Je me dois d'avouer quelque chose. J'aurais dû faire cette demande avant que nous n'allions si loin. Mais je n'ai rien senti et j'ai avancé dans l'aveuglement épanoui de celui qui étanche enfin sa soif à la source qu'on lui désigne.

Je ne devrais sans doute pas avoir besoin de vous de cette manière. Béquille n'est pas un mot que j'aime beaucoup. Girouette non plus, en fait. Pourtant.

Nous nous sommes lancés ensemble, je me rends compte à présent que ce n'est pas si simple. Vos expressions de bout du monde ne pouvaient que m'enchanter. Elles m'ont permis de retrouver sinon un sentiment de jeunesse, une sensation de glisse sur les phrases et de connivence avec les mots que je croyais disparue. C'est une chose merveilleuse que de renouer avec un paradis perdu. Pourtant, retrouve-t-on jamais la passion des premiers jours, la fraîcheur d'un émoi ? Pas sûr. On recherche cette adrénaline. On peine à y renoncer, même en connaissance de cause, sachant pertinemment que les suites affadissent. Ce n'est jamais tout à fait la même chose, la même chose que la première fois, n'est-ce pas ?

Peu importe. Voici l'essentiel. Je m'aperçois que je trahis Sophie en lui servant un chemin pavé de roses ou de bougainvilliers.

Sophie ne réagirait pas ainsi, c'est évident. Je ne peux pas continuer dans ce sens. J'ai la croyance un peu mystique que les personnages que l'on ne respecte pas vous hantent à la manière de nos propres fantômes. Je parle de cette foule de regrets, de non-dits, de petits secrets honteux, d'actes non assumés, de pensées scrofuleuses.

Je n'oserai pas me confronter à Sophie, ni la tromper. Avec son caractère ! Je ne suis pas de taille. Je plaisante, mais c'est sérieux, aussi sérieux que les choses inventées, aussi important que la fiction. C'est dire.

Une fois de plus, j'ai besoin de vous. Vous m'avez confié mille images, plus belles les unes que les autres, dont j'ai fait des pages. Mais on ne peut pas s'en contenter.

Donnez-moi autre chose. Vous savez peut-être quoi, mieux que moi. Je suis sûr que vous trouverez.

Si sincèrement vôtre,

Alexandre

Marie et Désiré n'ont pas encore dit un mot.

— Je ne comprends pas.

Marie n'est pas d'humeur.

— Qu'est-ce qu'il nous fait, là ?

Marie regarde Désiré encore. En fait, il ment mal. Depuis un moment, elle a compris exactement ce qui la gêne.

— Tu sais bien ce qu'il veut. Arrête.

Il est hors de question qu'elle le prenne par la main. Elle regarde ailleurs. Du côté de la rue, tiens. Désiré sent sa réticence. Prise par un vague ressentiment qui grossit en courroux, elle ne va pas pouvoir se taire beaucoup plus. Elle a pris conscience avant l'écrivain lui-même – les hommes sont lents parfois – que toute cette affaire ne mènerait pas bien loin si ces deux-là continuaient à se faire des mamours seulement à coups de beaux mots.

— Non, décidément. Qu'est-ce que tu veux dire, toi ?

Voilà, c'est à elle de lui expliquer. Elle essaie de maîtriser son agacement.

— Ce que j'en dis, c'est que tu n'as pas tenu ta part du contrat. Souviens-toi, la première fois qu'on a écrit à Alexandre, tu as déclaré que tu lui dirais la vérité.

— C'est ce que je fais !

— Ne te fous pas de moi, s'il te plaît. Sers-lui des craques si tu veux. Mais moi, je t'ai devant moi, et je sais bien que tu ne dis que la moitié du quart. Tu fais exactement la même chose que lorsque tu écris à ta famille, là-bas. Tu enjolives, tu tries, tu ne parles que de ce qui te semble beau. Parfois même, je me demande si tu n'inventes pas carrément.

Désiré sent un picotement, là, en haut du nez.

— Je vois que la confiance règne.

— Parlons-en, de confiance. Tu nous balades, tu nous mens. À lui et à moi. À tous ceux qui t'entourent. Tu crois vraiment que je n'ai que ça à faire ? Tu as conscience que pour des gens, ici, se posent des questions de survie ?

Elle désigne le fond de la rue d'un brusque mouvement de menton.

— Attends, on a été clairs, le jeu t'amusait autant que moi. Je ne t'ai obligée à rien !

— Je sais. Je me suis plantée. T'es pas mon job !

— Parce que c'est un boulot, pour toi ? Tu plaisantes ?

— Oui, tout à fait. Moi, je suis là pour aider, même quand la demande est bizarre. Mais j'en ai marre de tomber toujours sur des gusses qui trompent leur monde, je suis pas Mère Teresa non plus.

— C'est quoi un gusse ?

— On s'en fout ! Des mecs, quoi.

— Tu confonds tout. On fait ça ensemble. Maintenant un coup tu es là pour aider, un coup tu en as assez.

— Ensemble ? Laisse-moi rire. Je ne te connais même pas, tu ne m'as rien dit. Des poudres qui sentent bon plein les yeux ! Chaque fois, à la même table, tu sers la même chose à la petite Indienne qui est bien gentille et à l'écrivain raté. Vous reprendrez bien une dose de folklore ? Je ne me laisserai plus avoir.

— C'est ce que j'ai de plus précieux. Tu ne peux pas en parler comme ça. Et pourquoi, te laisser avoir ?

— Tu ne joues pas le jeu !

— Ce n'en est pas un !

— Si. Mais toi, tu triches, tu caches le tien.

Désiré sent à présent l'irritation le gagner.

— Hé ! C'est une secrétaire dont j'ai besoin, pas une psy.

— Je croyais qu'on faisait le job à deux. Mais je suis à ton service, monsieur !

— Attends, ne me parle pas comme ça.

— Tu ne serais pas là à vider les poubelles si ton île était si belle et si parfaite !

Désiré ne supporte pas qu'elle cherche à s'immiscer dans sa vie. Ses doigts se crispent sur ses genoux, sous la table.

Le ton est encore monté d'un cran. Les clients commencent à loucher dans leur direction.

— Allez ! Crache le morceau. Pourquoi t'es là ?

Exaspéré du tour que prend l'échange, Désiré lâche pour lui-même un vilain *Falou mama* !*

— Quoi ?

— Rien !

— Assisté, dégonflé, va !

Il ne s'agit plus de picotement, cette fois c'est une vraie colère qui monte en lui.

Eta batar ! Pa insilte mwa do !* Désiré jure sans la regarder.

Ils ont presque crié. Les clients se retournent carrément.

Le volume baisse. La rage devient froide.

— Pauvre type. Démerde-toi tout seul.

Marie se lève.

Il sent qu'il a été loin, regrette ce qu'il a dit, mais c'est fait, trop tard.

Elle se retourne, sa mèche s'est détachée et barre la moitié de son visage :

— Et ne t'avise plus de revenir à la soupe. Tu bosses, t'y as pas droit, je te dénoncerai.

Finalement, il ne regrette pas.

Elle sait que c'est faux. Mais elle n'est plus à une incohérence près. Elle n'a pas d'économies à faire. C'est un con.

Chapitre 20

Désiré et Marie

Des jours passent.

Marie rumine sa colère. Évidemment, plus ça va, plus elle se rend compte que cette colère est dirigée autant contre Désiré que contre elle-même. Elle n'ignore pas combien cet homme la touche. C'est précisément là que le bât blesse.

Mais il ne s'agit pas de ce genre de relation entre eux, même si elle reconnaît qu'il est canon, ce grand type dont elle aime le regard. Sa part de mystère n'est pas pour rien dans la curiosité avec laquelle elle va toujours à leur séance d'écriture. Enfin, *allait*...

Eh non, il s'agit d'autre chose entre eux.

Elle a l'impression de trahir la mission qu'on lui a confiée, de faillir à sa tâche. Et de céder de nouveau à cette attirance pour un ailleurs d'où elle vient et dont pourtant elle ne connaît presque rien. Elle redouble d'assiduité dans ses engagements sociaux, devient un véritable modèle d'organisation et de professionnalisme.

Son sourire est de plus en plus large, pour ceux qui en ont besoin.

Elle, elle n'a besoin ni de lui ni de cette histoire à l'eau de rose, sa vie est assez pleine et intéressante.

Des jours passent.

Désiré savoure sa colère. Lorsque Marie a claqué la porte du bar, il s'est senti fort. Fort d'avoir répondu, d'avoir crié, de n'avoir pas baissé la tête.

Il n'avait pas haussé le ton depuis des années, Désiré. Il ne pourra sans doute jamais le dire à Marie, vu la noirceur de son regard lorsqu'elle est partie. Elle le giflerait sans doute.

Pourtant, cette engueulade est un moment formidable pour lui. Il s'est senti un homme à part entière de nouveau, et pas seulement un fantôme dans une société qui vit autour de lui. Là, il en faisait partie, réellement, aussi fortement vivant que les autres. Il a aimé gueuler en créole. Mais attention, pas un sentiment macho de domination, juste le plaisir de se confronter d'égal à égal.

Bon die, sa ki bon !*

Il rit plus fort avec ses collègues, d'un cœur plus franc peut-être. Il ne comprend toujours pas ce qu'ils veulent, ces foutus Français, et Marie, et l'auteur, mais il aimerait en débattre avec elle pendant des heures. Il leur en faut toujours plus. Ce n'est jamais suffisant. Ce que c'est compliqué ici de faire simple.

Il serait prêt à lui offrir plus à cette fille-là. Même s'il ne s'agit pas d'autre chose entre eux.

Il commence à la connaître tout de même. La ligne de son cou lorsqu'elle penche sa tête pour tendre l'oreille, la crispation de ses doigts sur la plume lorsqu'elle prend des notes. Cette mèche folle qui semblait aussi irritée qu'elle.

Des années qu'il n'avait pas eu l'occasion de se confronter à des mots qui dépassent la pensée, parce qu'on est avec des gens qu'on aime et qui nous aiment, et qu'ils seront toujours là, quoi qu'il se passe. Malgré la force de la dispute. Nos proches. Notre premier cercle. Ceux qui, quelle que soit l'intensité du cyclone, seront de ceux qui vous aideront à relever la case. Il a senti que Marie en faisait partie.

Il sourit tout seul en repensant à la scène, a presque envie d'en rire, tout en se baissant pour ramasser une feuille de journal roulée en boule sur le trottoir de Barbès. Du coup, il repense à l'écrivain à qui il n'a pas répondu depuis presque deux semaines et qui doit se demander ce qui se passe. Il ne sait pas comment il va faire tout seul, mais il va se débrouiller. Il trouvera bien. Sans elle.

En se relevant, il aperçoit Bineta qui replie le stand après le marché.

— Besoin d'un coup de main, *Tantin** ?

— Non, mon grand, ça va, et cette fois mes invendus sont pour Rose.

— Rose est par là ?

Sa mendiante préférée apparaît sur le côté du camion, toujours aussi couverte, un châle en tricot cramoisi en guise de fichu. Elle ressemble à ces poupées en bois qu'on lui a dit russes, toutes rondes et imbriquées les unes dans les autres.

Il s'approche joyeusement des deux femmes.

— Tu as l'air en forme, mon garçon, dit Bineta en l'attrapant par l'épaule pour l'attirer dans ses bras.

Désiré fait la bise à Rose aussi.

— Si tu viens à la soupe ce soir, on partage mon trésor de guerre, lui dit-elle en ouvrant l'un de ses sacs à dos, rempli de mangues et de bananes un peu trop mûres.

— J'y suis interdit de séjour pour l'instant !

— Ah bon ? Je ne veux pas savoir pourquoi. Moins on en connaît sur les emmerdes des autres, moins on en a soi-même ! Rien de grave, au moins ? demande-t-elle, en se contredisant.

Puis, sans lui laisser le temps de répondre :

— Ça ferait du bien à la petite Marie de voir des figures qu'elle connaît. Son grand sourire, là, celui de pompier, il vient pas du cœur. Elle travaille deux fois plus qu'avant mais elle est raide comme un piquet. Y aurait un jules là-dessous que j'en serais pas étonnée !

Désiré est un peu gêné. Il ne s'attendait pas qu'on lui parle de Marie. Ça le remue, à l'intérieur.

— Tu m'as l'air bien bizarre, d'un coup ! remarque Rose.

Bineta éclate de son rire tonitruant.

— Vu sa tête, tu tiens ton homme, *walai** !

— Pourquoi tu dis ça, *Tantin** ?

— Arrête tout de suite. C'est toi, c'est pas toi ? Tu ne vas pas rouler deux vieilles femmes comme nous, hein ?

— Oui, je la connais, mais ce n'est pas ce que vous croyez. On faisait un travail ensemble.

Désiré a perdu sa bonne humeur.

Les deux femmes semblent au contraire gagnées par une hilarité commune.

— Regarde-le, ils sont tous pareils quand ils ont fait une connerie !

— Mais je n'ai rien fait, ce n'est pas ce que vous…

— C'est ça, c'est ça. Rose, donne-lui deux mangues.

— Pff… Voilà, encore à Rose de rattraper les bêtises des autres !

— Mais…

— Dis donc, tu vas te taire, toi, l'impertinent ? Je suis sûre que ta mère ne t'a pas appris à répondre de cette façon. Tu prends ça, et ça aussi.

Elle lui fourgue une botte de céleri odorante.

— Tu vas, tu lui donnes et tu t'excuses. Voilà. Elle est mignonne, la petite ? demande Bineta en se tournant vers la vieille SDF.

— Un peu maigre, ma sœur, mais jolie comme un cœur.

Elles se tapent dans la main en riant.

Désiré se sent ridicule, mais content, heureux même d'avoir été contraint, sous peine de se mettre à dos deux femmes aussi tenaces que sa propre mère, à se tenir là. Ridicule de n'avoir pas voulu comprendre ce que voulait Alex. Ce que voulait Marie. Il ne lui est pas arrivé depuis longtemps de se soucier à ce point de l'opinion d'un tiers. L'altruisme a disparu de son cœur d'un seul coup lorsque c'est arrivé. Il a réussi à survivre en s'imposant la neutralité vis-à-vis du monde, comme un vaccin contre la perméabilité aux autres. Immunité humaine. Changer de pays le lui a permis. Chez lui, il n'aurait pas pu. Mais le monde ne cessait de revenir à la charge, de chercher la faille, de l'émouvoir du charme éphémère des choses, qu'il percevait malgré lui. Le monde aurait dû mourir ce jour-là.

Absurdité de faire partie de ceux qui restent, l'instinct de vie chevillé à notre corps terrestre si fragile. La colère qui revient, c'est chaque fois celle d'être vivant, debout malgré tout, et de s'émerveiller encore.

Et puis l'autre fois, avec Marie, une colère inattendue et surprenante, tout autre, une colère de tous les jours, familière, une colère d'amour. Cette colère de rien avait, pour la première fois, cloué le bec à l'immense rage enfouie, qui le rongeait de l'intérieur.

La jolie petite colère d'homme, salvatrice, avait mangé la géante colère, immense d'impuissance, cette fois. Elle reviendrait. Elle revenait toujours. L'indicible ne renonce pas à vouloir se faire entendre. Mais Désiré ne s'était jamais senti aussi armé pour l'affronter.

Peut-être, un jour, il pourrait se sentir chez lui ici, parce que c'était le lieu où, par le biais d'une histoire, d'une amitié de papier et d'une fille en chair et en os avec qui il était capable de s'engueuler, il allait enterrer le monstre dans le sol de France.

En attendant, il se sentait juste ridicule de n'avoir pas compris plus vite, certes, mais surtout d'attendre une fille, debout au milieu d'un groupe de paumés biberonnés au Molodoï, avec un bouquet de céleri et trois énormes fruits qui malgré ses grandes mains manquaient à chaque mouvement de rouler dans le caniveau.

Il appréhendait surtout que Marie soit encore fâchée et le menace en hurlant de le dénoncer à l'association ou, pire, aux forces de police. Heureusement, il avait repéré l'heure où elle quittait la salle et il n'eut pas à attendre très longtemps.

Elle le fixa sombrement en silence. Ce n'était pas gagné. Il lui tendit son calumet de la paix maraîcher et elle se retrouva avec, dans les bras, ce céleri qu'elle n'avait jamais cuisiné et dont elle connaissait à peine le nom, plus trois mangues. Elle éclata de rire.

— Tu crois pouvoir m'acheter avec ça ?

— J'essaye, en tout cas, répondit-il, heureux que leurs retrouvailles ne se transforment pas en drame. Tu veux bien que je t'invite à prendre un café ?

— OK. Allons-y... Mais on va trouver un autre bar, vu le show qu'on leur a fait la dernière fois.

Désiré et Marie sont assis côte à côte, pour changer. Aujourd'hui, pas de notes, pas de cahier ou de brouillon. Pas de rédaction, aucune trace écrite. Aujourd'hui, l'exercice est sans filet, juste entre eux deux.

Marie se lance.

— Je m'excuse. Ma colère était démesurée. J'ai pris l'affaire trop au sérieux, en considérant qu'elle faisait partie de mon travail, et en même temps à la légère, parce que je m'en suis amusée comme d'un jeu. Sauf que j'y suis plus impliquée, il faut le reconnaître. Du coup, j'ai commencé à avoir peur.

— Pourquoi ?

— J'ai bien senti que pour toi il y avait là-dedans un truc vital, dont tu ne dis rien. Et je t'en ai voulu de ne pas nous faire confiance, à moi, à cet Alex... Quand j'ai vu que tu nous baladais comme tu le fais avec ta mère, cette évidence m'a rendue folle.

— Je te dois des excuses aussi, probablement. Je ne me suis même pas aperçu que je glissais sur la pente de la facilité. Mais j'avais besoin d'en passer par là. Je crois que j'ai compris. J'y arriverai. Toi, tu n'es pas obligée, mais veux-tu continuer avec moi ?

Marie est gênée. Il s'en aperçoit, s'excuse. Aucun des deux ne veut que l'autre se méprenne. Entre eux, ce n'est pas de cela qu'il s'agit, n'est-ce pas ?

Marie reprend :

— En fait, il faut que je te raconte quelque chose, mais j'ai honte.

— Il ne faut pas.

— Je sais, mais c'est plus fort que moi.

— Écoute, tu passes des heures à écouter parler un balayeur qui souffle des idées à un inconnu. Je crois qu'on peut aussi aller voir un peu de ton côté… Raconte, tu sais comme j'aime les histoires.

Après tout, Marie n'avait rien à perdre. D'ailleurs, si elle exigeait de lui la vérité, elle la lui devrait aussi. Alors, elle commença à raconter. Cette fois, c'était au tour de Désiré de ne pas l'interrompre.

— Après ce que tu m'as dit, ou ce que tu as dit à l'auteur par mon intermédiaire, je vais faire allusion à une chose qui va te parler, je le sais, car tu la connais. C'est une odeur… Un mélange d'odeurs, pour être exacte, qui a réveillé en moi des sensations lointaines. Elles me chamboulent, assurément.

À Désiré qui lui a offert de partager la suite de cette aventure, elle n'a que cette odeur à offrir en retour, avec le plus d'honnêteté possible. Telle est son humble proposition, au-delà de leurs différences, son pacte de loyauté.

Chapitre 21

Et l'odeur de la cardamome

— Je n'en ai parlé à personne, pas de cette façon en tout cas. De mon voyage, j'ai montré les photos et raconté un peu à ma famille et à mes amis, mais pas dit le fond. Ils ont respecté ma pudeur.

» Avant d'aller en Inde, jamais je n'aurais imaginé que la senteur croisée de l'encens oriental, la cardamome, et la moiteur épaisse qui tombe avec le soir puissent m'apparaître comme une évidence. Les parfums de Maurice que tu me décris me les rappellent parfois.

» J'ai toujours vécu en France, je te l'ai déjà dit. Dans une province rurale, animée de fêtes locales et d'événements à petite échelle. Le dimanche, à la sortie de la messe, les vieilles buvaient le café en groupe serré pendant que leurs maris étaient attablés plus loin. J'adorais ces moments. Petite, j'ai siroté des grenadines et suçoté des Carambars qu'immanquablement Ginette ou

Fine me glissaient en douce. Plus tard, je rejoignais les copains pour jouer au baby-foot. Étudiante enfin, j'ai savouré les dimanches matin où, passant le week-end au village, j'allais prendre un crème en compagnie de la petite troupe décimée par les années. Car des vieux et des vieilles forcément, il y en avait de moins en moins. Des jeunes aussi, d'ailleurs.

» Tout ce temps, je me suis sentie à ma place. Dans mon élément. J'avais grandi là, dans ce coin du monde, et j'en connaissais les codes. J'aimais les mains calleuses, les vaches, le roulement rocailleux des accents et la résonance de la musique, les balades dans les chemins boueux et le chant du vent dans les cimes des chênes centenaires, celui de la cloche au-dessus de la place. J'étais fière de tout.

» Jamais on ne m'avait fait remarquer quoi que ce soit. On n'en parlait pas. Ce n'était pas un tabou. Seulement, personne ne songeait à me voir différente. J'étais juste une gamine parmi les autres. Tous les étés, on me complimentait sur mon bronzage. Je ne songeais même pas à en sourire.

» Ce n'est que lorsque je suis partie pour une plus grande ville, la plus grande, où les couleurs se frôlent au pas de course, que j'ai pris conscience de ma différence.

» Mes parents n'ont eu que moi. Non qu'ils n'aient pas voulu d'autres enfants, mais ce n'est pas arrivé. Ils m'avaient adoptée par choix, par conviction intime plus que religieuse. Ils auraient pu avoir des enfants naturels, mais ils m'ont choisie, moi. Je crois qu'ils n'ont jamais regretté. La maison étant grande ouverte, je n'ai manqué ni de chaleur ni de confidents, mes amis intimes étaient comme des frères. Certains amoureux relevaient bien ma part d'exotisme, mais sans plus. Nous n'en parlions pas davantage que si j'avais été gauchère.

» Mon père et ma mère avaient abordé, avec leur peu de mots et de connaissances, ce pays jungle de dieux bizarres et bariolés, de mœurs barbares et de mystiques à longue barbe et tenues minimalistes.

» Contrairement au milieu dans lequel j'avais grandi, à la fac, on a trouvé étrange cette fille adoptée qui portait bien plus d'intérêt à la littérature russe qu'à l'endroit où elle était manifestement née. C'est dans le métro que l'Inde s'est invitée dans ma vie, sous les traits d'un jeune homme qui, tous les jours, suivait le même parcours, ligne 4 vers la Sorbonne, pour suivre les mêmes cours que moi. Les « deux Indiens de l'amphi », avait dit mon amie un jour, ce qui m'avait beaucoup amusée. Lui semblait bien plus légitime que moi dans le rôle. Je ne le fixais que lorsqu'il avait la tête baissée. Intimidée, j'étais fascinée par ses cheveux noir de jais. Rien dans sa tenue ne le distinguait des autres étudiants – baskets, tee-shirt ou chemise, selon les jours… Mais il me semblait tout droit arrivé de Bombay ou de Bangalore. J'imaginais son enfance dans un quartier simple, pas trop pauvre. Des rues bordées par des boutiques de *churidars** multicolores, ces tuniques et pantalons plus pratiques aujourd'hui que les traditionnels saris, des barbiers, des marchands ambulants de légumes et de fruits, d'incongrus magasins de téléphonie internationale et des échoppes emplies de DVD hurlant sur le trottoir des dialogues et chansons aussi romantiques que dramatiques, en hindi mâtiné d'anglais, penjabi ou autre langue inconnue… Je l'imaginais habitué à la foule, aux Klaxons de mobylettes et aux vaches qui croisent le chemin d'ascètes en balade. J'imaginais sa mère l'appeler *betā**, lui souhaiter une bonne journée le matin en le bénissant. J'imaginais le chemin parcouru pour obtenir une bourse d'études, sûrement. Je finis par me persuader que je le connaissais intimement, à son insu, réécrivant son histoire mille et une fois, brodée d'un chapelet de poncifs collectés au fil de ma quête boulimique de lectures sur la péninsule et sa culture, et de soirées passées dans des restos du passage Brady à me goinfrer de *cheese naans**.

» Mon insatiabilité indienne avait commencé avec ce garçon. Un rattrapage express en quelque sorte. J'étais devenue curieuse en suivant la raie de ses cheveux. Au bout, le questionnement inévitable sur mes origines organiques.

» Son profil me faisait plonger avec délices et frissons dans les eaux sombres du Gange, où les corps partagent le remugle de la boue des cités, les pots en terre des offrandes, et les fleurs délicates et odorantes des frangipaniers. Où la vie côtoie la mort.

» Moi, j'étais apparue quelque part entre les deux. Entre la vie de l'enfant qui voit le jour en criant et l'inexistence potentielle de celui qui n'a personne pour lui transmettre son histoire. J'étais réellement née à trois ans. Lorsque mon père et ma mère m'avaient reçue d'une cigogne administrative qui leur avait accordé, après des années de paperasses, de contrôles d'hygiène et de morale laïque, un cadeau dont ils devraient s'occuper toute leur vie. Trois ans. Rares sont les enfants qui ont des souvenirs avant cet âge.

» Un jour, il était venu en veste à col Mao. Je l'avais trouvé magnifique. Un vrai héros de roman postcolonial.

» Évidemment, j'avais fini par imaginer la sensation que le frôlement de sa main bleutée sur ma main plus claire pourrait provoquer, et à tomber éperdument amoureuse de mon bel Indien sensuel venu de l'est ou du sud du sous-continent. Je n'osais pas l'approcher, éblouie à l'idée que notre histoire était celle du renouement avec mes origines. Il parlait peu, comme s'il ne maîtrisait pas bien la langue française. Je l'écoutais de loin, incapable de m'asseoir près de lui sans me mettre à trembler, percevant seulement la résonance d'un accent gujarati ? Bhojpuri peut-être... Mon oreille s'était considérablement aiguisée grâce à ma consommation immodérée de Bollywood en tout genre. C'était forcément avec lui que j'aurais des enfants un jour. Mais il fallait que j'en sache plus sur moi-même avant de lui parler. Du même coup, j'en apprendrais davantage sur lui puisque nous venions du même triangle géographique.

» Je décidai de partir en Inde. D'abord à Madras. J'avais décidé qu'il venait de cette région à force d'éplucher les types physiques des Indiens sur Google Images. Je devais ensuite rejoindre la région du Bihar, où se trouvait l'orphelinat où l'on m'avait recueillie. C'était le seul renseignement que j'avais sur mon passé.

» Une fois sur place, j'appelai pour essayer de rencontrer quelqu'un qui m'apporte des éléments nouveaux sur ma naissance. Une femme me fit savoir dans un anglais glacial que ma démarche ne servait à rien. Les lois françaises étaient très strictes : ces informations devaient rester confidentielles. Je le savais. Je pensais juste qu'en Inde, ces lois ne compteraient pas. Elle m'apprit aussi que le village où j'étais née, dont elle n'avait pas le droit de me dire le nom, avait été rayé de la carte par les inondations catastrophiques de l'année précédente.

» Mes fragiles espoirs d'en savoir un peu plus se trouvèrent noyés du même coup. De ma naissance, donc, aucune trace. La terre elle-même refusait de m'offrir autre chose qu'un mythe d'Ys pour y fantasmer des souvenirs. En désespoir de cause, démoralisée, je me décidai à rester dans le Sud et à prendre les choses comme elles venaient. Je me consolais en me disant que je reviendrais avec lui. En famille. Un jour. Et que nous trouverions des indices malgré tout, puisque ce serait notre pays à tous. Par voie du sang pour moi. Par celle de l'évidence pour lui. Et par celle de l'amour pour nos enfants. Je délirais sans doute un peu, épuisée par une crise de tourista aiguë, assez classique pendant ce genre de voyage, surtout lorsqu'on s'amuse à manger des fritures appétissantes vendues à même la rue.

» Un jour que j'avais honteusement trouvé refuge au Starbucks, je rencontrai une étudiante en anglais avec qui je sympathisai très vite. Elle m'invita chez elle. Nous rîmes beaucoup en déconstruisant croyances et fantasmes sur nos pays respectifs. Nous échangions à la manière dont on peut le faire lorsqu'on n'a pas encore atteint le quart de siècle, avec tout l'espoir et la passion dont nous étions capables. Sa mère me retapa à coup de *dal pouri**, galettes délicieusement nourrissantes, et de *kheer**. Lorsque je rentrais en fin de journée, fatiguée d'avoir fait la touriste, je me sentais bien, comme à la maison. Profitant de la modeste terrasse couverte, je m'asseyais avec ma nouvelle amie sur les chaises en plastique venues de Chine. Hena me racontait sa journée, finalement pas si différente des miennes. Dans la cuisine, Banita, les mains pleines de farine, pétrissait vigoureusement la pâte de quelque nouveau mets qu'il fallait absolument que je goûte. Le père lisait son journal… Mes parents feraient approximativement la même chose d'ici à quelques heures.

» Dans l'avion de retour, je songeai que j'avais peut-être mieux ressenti mes origines dans ce foyer que grâce à des dates, noms de lieux ou de famille. Je considérai que j'avais compris d'où venait mon amour pour ce garçon, qu'il était à présent temps de lui révéler que nous allions avoir des enfants ensemble. Je ne doutais de rien et m'endormis heureuse, gardant précieusement sur ma langue le goût de la cardamome.

» Le jour où il réapparut devant moi, dans le hall de la fac, nous entamions notre seconde partie d'année, après la coupure des vacances et la période de stage. Mon cœur battait la chamade à le voir toujours aussi beau. Au moment même où je l'abordai enfin, l'idée d'une petite amie, pire, d'une fiancée qu'il devrait épouser à la fin de ses études me fit vaciller. Trop tard. « Salut ! Je reviens du Tamil Nadu… C'était la première fois que j'y allais. Tu es d'où, toi ? »

» J'avais parlé lentement pour qu'il me comprenne bien. Il me répondit, et sa voix me troubla profondément. « Suède. Mais l'Inde doit être très chouette. Grande, fascinante, j'imagine. Je ne connais pas du tout. Mes parents parlent de nous y emmener. Mais mes grands-parents habitent ici en France alors bon, c'est moins loin. » Je n'entendis même pas exactement sa réponse. Ce n'était pas sa voix elle-même qui me choquait, mais son accent, pur produit des pays nordiques...

» Björn. Ce garçon s'appelait Björn ! Il s'est franchement marré devant ma mine déconfite. On est devenus vraiment bons amis, mais le côté homme des neiges m'a carrément fait redescendre. Imagine que l'on ait eu des enfants... Il leur aurait appris à faire mariner les harengs et à skier, moi à cuisiner le bœuf bourguignon et les *dal pouri**. Conclusion : si j'ai des gosses un jour, j'espère que leur terrain de jeu sera le monde, qu'ils ignoreront les frontières. C'est naïf, mais si c'était possible, les drames comme celui de la porte de la Chapelle n'existeraient plus.

» Voilà. C'est aussi pour cette raison que j'ai accroché tout de suite à notre affaire. Cette histoire d'accent trompeur, le plaisir que j'ai à t'entendre parler de Maurice me rappellent souvent mon voyage...

Elle fit une pause, enfin.

— Je ne suis pas sûre de me sentir à l'aise de t'avoir débité cette histoire d'une traite... Je sais que c'est terriblement ridicule.

Désiré ne se moque pas. Il est même beaucoup plus sérieux qu'elle ne s'y attendait.

— Tu as été bien moins naïve que moi-même en fantasmant ton prince Bollywood. Les conséquences de nos impulsions peuvent être dramatiques. Toi, tu n'as fait aucun mal. Tu as appris. Tu en es sortie indemne. Crois-moi, tu n'as pas à rougir.

Désiré, tourné vers elle, l'observe. Le regard de Marie est vague au-dessus de sa grosse écharpe multicolore, qui dissimule le bas de son visage. Il sait que le seul moyen pour qu'elle lui fasse confiance est de lui dire ce qu'il n'a jamais dit. Renoncer au silence. Ce silence qui le protège. Désiré pense qu'en privant la violence de la vérité des mots, il peut la dompter, qu'elle restera prisonnière d'une sorte de charme qui atténuera sa puissance destructrice. Il est des endroits maudits dans l'âme de chacun qu'il ne sert à rien d'explorer. Il vaut mieux en oublier le chemin. Contrairement aux gens d'ici, qui semblent trouver important d'aller fouiller le tréfonds de leur être pour en extirper les sucs acides, Désiré pense que ces failles devraient être définitivement oubliées, fermées au public. Les gens d'ici ont parfois l'impression que, sans malheur, ils ne sont pas des êtres complets. Alors ils vont en chercher en creusant dans leur tête et dans leur corps. Ils sont parfois obligés de remonter aux vies d'avant, celles de leurs parents ou leur propre existence passée ! L'ancienne institutrice lui avait raconté qu'il y avait même des médecins spécialisés pour cela en Europe.

S'il ne dit rien, Marie va s'en aller, comme son regard qui fuit.

On ne doit pas laisser partir les gens avec qui on peut s'engueuler. Ils sont précieux et rares. Alors, décidé à la ramener à lui, comme on sort une lame pour trancher un nœud, comme on exorcise un sort, il se met à parler à son tour.

— Je ne t'ai jamais menti, t'ai dit tout ce qui est beau, mais pourtant…

Chapitre 22

Pelure d'orange

Pourtant, cette île pue.

À Maurice, on planque les ordures au fond de la cour, dans une cache en ciment recouverte d'une grille en métal.

Les *anfle kamion** passent très tôt, les gouttes salées coulent déjà sur les peaux noires. S'y collent les mouches qui s'éveillent avant les hommes. Ils portent des paniers en osier tressé, que les Européens récupèrent en souvenir pour s'en servir comme décoration. Et il y a la merde qu'il faut ramasser à même la peau. On ne prend pas de gants dans les pays « en voie de développement ». La pourriture au fond des cours, loin des yeux. Caché le fumier des rejets, comme à Maurice on le fait dans les cœurs. Île multicolore qui plaît tant. Drapeau et population bariolés. Si accueillante.

Le sel de la sueur et le soleil déjà mordent insidieusement. Les muscles saillent et roulent.

Mon regard, intérieurement halluciné, fouinait dans les tas, là-dedans, sans penser aux mains sales, au dos courbé, irradié de douleur, aux bras usés, gainés comme par du fer, dedans, dehors, car parfois un trésor…

Une poupée échevelée, abandonnée après tant d'histoires, une *sopinn** qui garde la trace de lèvres maquillées, un sari presque transparent tant les années l'ont usé, déchiré par les boîtes métalliques éventrées, le coton adouci mille fois par les caresses des doigts, pour le discipliner aux savants sept plis de tous les jours[1]. De l'humanité à cette tâche de charognard. Un jour, au milieu du reste, j'ai vu une simple pelure d'orange, encore vive, embaumant malgré la puanteur. Enroulée délicatement, un peu recroquevillée sur le tendre blanc, sur le velouté de sa peau intime. Un rayon de soleil tombait dessus. La poussière en suspens dans le rai de lumière. Comme un grain de poésie vierge égaré par inadvertance. Un moment de grâce inexplicable. J'avais trouvé l'image si belle que je m'en souviens encore. Incongruité de mon regard sur cette peau d'orange. Charriée avec les restes fades du quotidien.

Mon obsession à chercher le doux et le beau au milieu des ordures n'était pas liée au hasard

1. Le port du sari exige de plier le tissu, traditionnellement sept fois au niveau de la taille, puis de rentrer les plis dans la ceinture.

ou à une âme particulièrement sensible, je dois le reconnaître. Dans les moments où l'on ne se lève que par habitude, et que cette habitude vous cloue l'angoisse au ventre, on entre dans une sorte de mode automatique et l'on s'accroche, hagard, à l'espoir que le sommeil du soir vous soulagera, s'il ne peut délivrer. Dans le brouillard de cet état de survie, seul l'infime peut vous retenir : une pelure d'orange, qui par son infinie délicatesse résiste à la moite décomposition du reste du monde.

Dans le vague des soirées arrosées de rhum, j'avais connu cette fille. Là-haut dans le Nord, où la musique bat son plein, surtout pour les gens venus d'ailleurs, les riches, les artistes et la jeunesse dorée de l'île.

Une de mes tantes faisait le ménage dans des campements à Grand Baie. Le propriétaire de l'un d'eux était parti en vacances en Europe. Dès qu'il s'absentait, ma tante, qui était une bonne fille, nous en faisait profiter le temps d'un week-end… Nous adorions ces séjours dans des pied-à-terre inespérés : de vraies maisons à plusieurs pièces, un étage, et même plusieurs W-C. Nous envahissions les lieux de nos quatre générations d'Antoinette et affiliés, survoltés et ravis d'être ensemble. Nous riions haut et fort, mangions et buvions toute la journée. Nous dormions tard et nous nous amusions beaucoup, faisant de la fête notre quotidien, sans reprendre notre souffle, deux ou trois jours durant. Les femmes remettaient ensuite le bungalow en état, puis nous retournions à nos vraies vies, gonflés de joie d'avoir emprunté l'aisance d'un autre, soupirant sur le trajet du retour, à la manière dont on déboucle sa ceinture d'aise après avoir fait bombance.

Cette fois-là, la famille est montée vers le nord en bus. Nous avons fait un stop dans le grouillement de Port-Louis pour passer au bazar, ce marché tellement vivant. Nous avons pris le temps de croquer les graines d'un délicieux *alouda**, debout contre le kiosque de paris de courses de chevaux et de football. Puis, nous sommes remontés dans l'antique *tata**, traversant Terre Rouge et ses quartiers malfamés, passant Triolet et son temple tourné vers la mer, pour débarquer enfin *tant** et enfants, en un désordre joyeux, dans la capitale du tourisme, avec sa plage, ses bars branchés et ses boîtes de nuit.

Bien sûr, ce monde n'était pas le nôtre, à nous fils de pêcheurs et d'ouvriers. Nous avions nos propres lieux de danse. Plus sombres, en sous-sol, ils étaient sans doute plus sauvages aussi. Des sons, venus de plus loin dans les racines du temps, chassaient rapidement les tubes remixés du moment. Exit la musique électronique, les hits Bollywood. Le roi était le *sega** : évidemment, la danse n'avait rien à voir avec les longues jupes à volants et les ondulations croupières des *ségatières**, si gracieuses fussent-elles, qui exécutaient des chorégraphies policées dans les hôtels. Ici, il s'agissait, à quelques centimètres près, de corps-à-corps : une danse duel qui anime les reins, possède quelque chose de la transe et du sexe sans qu'on se touche jamais en se frôlant toujours. Un jeu que l'on ne sait jouer sans se perdre que dans les terres d'Afrique. Les transpirations mêlées et les haleines chargées de bière et de mauvais rhum nous ramenaient inconsciemment à l'époque où la haine et la douleur se lovaient dans de simples chants de travail, où la violence et la passion, ainsi que la joie pure, interdites toutes ensemble, roulaient dans un rythme commun.

Après, lorsque les boîtes avaient expulsé leurs derniers danseurs, on se retrouvait près de la mer. Les autres aussi étaient là, ceux des boîtes scintillantes. La plage, entre les filaos et la ligne sombre du lagon, est à tout le monde, presque partout encore (devant certains grands hôtels, ce n'était déjà plus tout à fait le cas : les gardiens en gants blancs nous mettaient suffisamment mal à l'aise pour que nous partions). Le sable sur lequel nous nous retrouvions tous, sans barrière sociale, était celui de la plage publique.

Est-il là finalement, le lieu commun de notre peuple, en pleine nuit, où les couleurs et les frontières se flouent, au-delà de la case et du fantasme de l'autre ? Les barrières ne tombent-elles que là, dans l'insolence de la jeunesse de l'île réunie, sur le sable frais, dans l'ombre nocturne, sous l'air qui siffle dans les branches des casuarinas ?

En cet endroit, des petites hindoues et même des *laskarinn** viennent goûter au fruit défendu, offrant leur cul pour entretenir leur chance de survie sociale, dans le fond du parking. Là aussi, de jolies et fraîches créoles cherchent un Blanc arrivé d'ailleurs, qui les sortira pendant quelques jours au resto et au dancing. Peut-être même qu'il tombera vraiment amoureux si elles s'y prennent bien… Et, sait-on jamais, si elles-mêmes tombent amoureuses, leur avenir en sera changé.

À l'époque, ça se passait comme ça. Il paraît que c'est différent maintenant.

Mais, même aujourd'hui, pareille histoire n'arrive jamais. Pas avec ce genre de fille. Et pourtant, c'est arrivé : sa peau de lune sous ma peau de nègre. Comment avons-nous pu échapper aux regards qui immanquablement auraient crucifié notre idylle ? Coup de gueule chez les miens, pour cacher la peur et la honte, coup de sang chez les siens, pour cacher la peur et le dédain.

Son corps abandonné derrière la pirogue échouée. Sentir le sable et la coque de bois à côté. Atteindre le moment de grâce où le reste disparaît, où l'on donne tout. Et puis le miracle de nos regards, de nos paroles. S'offrir nos chairs était déjà une erreur. Alors nos voix, qui ont échangé comme de rien : une abomination. Aimer : une impossibilité.

Voilà ce qui s'est passé. Nous avons exulté et découvert ce qui ne s'explique pas : nous ne faisions qu'un. Nous nous sommes revus. C'était limpide et extravagant : l'attraction terrestre de nos ventres, l'aimantation de nos êtres. Comment a-t-elle fait pour me rejoindre aussi souvent la nuit ? Je ne lui ai pas demandé. Et puis elle n'est plus venue.

Je savais qu'il en serait ainsi, depuis le début. Je n'ai même pas pensé qu'il puisse en être autrement. Je me contentais de marcher, porté par ce rêve à chaque pas. Son existence seule me suffisait pour croire à tout le reste. Ce que j'ignorais, c'est que le cœur n'a ni intelligence ni logique. Je ne pouvais pas deviner non plus ce que j'apprendrais par hasard, sur cette île où les rumeurs et les bruits tournent en rond comme des lions en cage, jusqu'à réussir à bouffer quelqu'un.

Une cousine travaillait chez les *grands Blancs**. Elle me mit au courant, parmi d'autres nouvelles et anecdotes, sans se douter de rien. Elle l'avait entendu dire dans une conversation, entre les soi-disant amies de mon amour contre nature. Elle ne pouvait soupçonner un instant le lien qui nous unissait. Le ventre de mon amour, lisse surface de nacre à la peau souple, avait gonflé, enflé de ma malédiction.

Elle l'a battu, ce ventre, avec ses poings clairs fermés, aux jointures blanchies encore par la violence. Elle a donné des coups désespérés, désordonnés. Elle a, en secret, consulté un *longanist**, bu des tisanes amères et enterré des ossements de poulet sous la lune pleine. Mais rien n'y a fait. Alors, elle s'est mise à porter des *kurta** brodés, qui cachaient sa grossesse. Ses amies se moquaient d'elle et lui demandaient pourquoi elle commençait à s'habiller au marché de Quatre Bornes, plutôt que dans les boutiques port-louisiennes ou curepipiennes. Elle est allée au bout. Comme seules peuvent le cacher les femmes qui se nient l'évidence à elles-mêmes. Cela existe. À présent, je le sais.

Quelqu'un l'a vue ce soir-là. Ce quelqu'un l'a répété à un autre, puis l'autre à ces femmes.

Elle était seule, au fond de la propriété appartenant à des relations de ses parents, une autre famille nantie de l'île. Chez elle, cela aurait été trop visible. Elle a dû ne le dire à personne. Je m'attendais qu'un jour quelqu'un se répande dans un mauvais torchon à scandales. Ou qu'un taxi révèle l'avoir amenée là, qu'il avoue le nom de la fille et que la salissure jaillisse sur sa grande famille, puisque d'elle on ne pourra plus rien salir.

Le soir était tombé déjà, et la maison créole, là-bas, devait dormir, volet à persiennes closes, le plancher de la varangue craquant à peine. Elle est allée là pour se cacher. Pourquoi là en particulier ?

Livide de ne pouvoir crier sa souffrance, elle est entrée dans le *karo** de canne, au fond de la propriété, jusqu'à ce qu'elle ne puisse plus se retenir. Alors, elle l'a laissé sortir. Elle l'a accouché de son ventre comme le faisaient les paysannes dans les champs, comme les femmes dans un âge si proche, mais qu'on ne peut plus se rappeler. Elle l'a tiré d'elle comme on extrait le diable, accroupie sur la terre, seule, au milieu des tiges pleines et des feuilles coupantes, alors que les plumeaux magnifiques chatouillaient le ciel.

Elle l'a sorti vivant. Il était vivant, vous entendez. Cette personne maudite, ce témoin sacrilège l'a dit. L'enfant vivait. Elle n'a pas regardé ce bébé. La tendresse aurait pu la perdre tout entière. Elle l'a serré fort contre elle pour ne pas qu'il crie. Si fort que l'enfant n'a hurlé que dans son sein. Le cri s'est incrusté à tout jamais dans sa chair. Je n'ai pas su combien de temps l'enfant avait lutté pour exister. L'autre ne l'a pas dit. Les amies odieuses osaient palabrer sur l'indicible, mais elles ne l'ont pas dit. Et ma cousine, émue par cette histoire terrible, les lèvres tremblantes, n'a pas pu me le dire.

Mon amour a bercé longtemps l'enfant mort, au pied des cannes. Les insectes montaient sur ses jambes sans qu'elle les sente. Elle l'a roulé, au petit jour, dans un linge, et me l'a envoyé. Elle savait ce que je faisais pour vivre. Elle me l'a confié, je le sais. Elle l'a déposé dans un coin au fond d'une cour, près d'un terrain vague, sous la grille.

Son enfant aux ordures.

J'aurais pu ne pas croire ma cousine. Quel est ce fou qui ose répéter ce qu'il a vu de ses yeux, qui auraient dû se dessécher et rester aveugles pour l'éternité ? Je ne sais pas. Mais les journaux ont fait grand bruit de ce petit cadavre. *Le Mauricien**. *L'Express**. Et la presse à scandale en a parlé encore longtemps.

Personne n'a fait le lien entre ce drame et sa blondeur éteinte, sa voix finie. Elle est rentrée chez elle, purgée de sa faute et de son âme. Personne n'a su ce qui s'était passé ce soir-là, à part le voyeur obscène. Elle n'a rien dit. Elle n'a plus jamais rien dit. Elle ne parle plus. Son esprit est resté avec la petite. Car c'était une fille, vous savez ? Une toute petite fille issue de l'ébène et de l'or. Les journaux l'ont écrit.

J'ai cherché chaque jour l'ébène et l'or dans les sanies de mon quartier. À l'intérieur de moi, il n'y avait plus que du basalte, des roches noires, dures, conçues et ravagées par le feu du volcan, percées de petits trous aléatoires, comme la maladie peut en laisser sur la peau torturée. Plus tard, on a brûlé ce *karo** de canne comme les autres, dans cet embrasement magnifique qui tue les parasites avant la coupe et illumine les montagnes. On a brûlé ce qu'il recelait encore de leurs larmes et de leur sang à elles, la mère et la fille, dans la terre sombre. J'imagine pourtant, parfois, que les yeux de mon amour sont restés secs lorsqu'elle a enserré ce petit corps. Et que *mo baba** n'a pas eu le temps de savoir. Elle est restée dans sa mère pour toujours. Leurs esprits sont partis ensemble. Leurs âmes restent liées au creux de cette femme blafarde, mon si pâle amour. Il me semblait qu'à jamais je les chercherais dans les poubelles. Chaque jour. Des mois. Des années. Une condamnation sans fin.

Lorsque j'ai su par les mêmes journaux que celle que j'aimais n'était plus, je n'ai pas dû patienter longtemps avant que des langues acides ne me rapportent les détails de sa fin. Ce jour-là, sa famille l'a sortie de l'établissement où ils l'avaient placée. Il le fallait bien, de temps en temps, pour alléger les consciences en vue de la prochaine messe élégante. Ils avaient décidé de l'emmener au pique-nique dominical. À Gris-Gris. En haut de ces falaises sous lesquelles les pêcheurs placent des casiers. Gris-Gris ou la danse périlleuse des déferlantes ourlées de ce morceau de côte sans barrière de corail, ouvert à la ligne d'horizon. Un trou dans le rempart naturel de l'île doucereuse. Spectacle grandiose de la puissance de l'océan.

Ils l'ont amenée là, puis ils l'ont oubliée. Comme ils l'oubliaient des jours entiers dans la chambre de la grande maison, puis dans la chambre au fond du couloir de l'asile, depuis que sa tête était ailleurs. L'asile à Maurice est un continent oublié.

À Gris-Gris, le marchand de glaces et sa musique nasillarde ainsi que sa camionnette décorée de personnages enfantins avaient attiré leur attention. Sur un banc, était assise cette belle jeune fille finie. Elle s'est levée. Elle a avancé doucement, sans violence, vers le bord de la falaise. Ce n'est qu'au dernier moment qu'ils l'ont vue. Les bras serrés contre sa poitrine. Moi, je sais qui elle emmenait avec elle, sur son cœur. Et elle est tombée vite, droit. Alourdie du poids d'un enfant mort, de l'ignorance du monde et de toute la tradition des interdits de son île.

Elle s'est brisée, dans les flots magnifiques. Bleu turquoise, bleu marine.

La famille a pleuré le temps qu'il faut. Elle n'a pas su et surtout pas voulu savoir la vérité.

Et j'ai cessé de chercher dans les poubelles. Je crois que j'ai cessé de vivre aussi.

Un jour, longtemps après, je crois, une femme assez âgée, aux cheveux blancs, est venue demander de l'aide pour déménager des tas de vieilleries d'un garage. C'était une institutrice à la retraite, une Française. Son mari était parti. Il était mort. Cet homme bon avait une fâcheuse tendance à accumuler des tonnes de choses inutiles. Elle a dit : « Qui veut m'aider le week-end ? Ce sera payé. » Les autres ont été tentés, mais je ne sais pourquoi j'ai levé la main. Comme à l'école.

Je suis venu le samedi. L'herbe grasse était coupée. Le jardin était beau. Son jardinier travaillait bien. Justement il arrêtait, car il se mariait et partait à l'autre bout de l'île. La vieille dame m'a demandé si le travail m'intéressait. J'ai débarrassé son garage. De tout, de rien. J'ai dit oui pour le jardin. Je ne sais pas pourquoi. Je n'avais jamais fait ça, moi, fils de pêcheur.

Cette femme a taillé et planté avec moi, tous les samedis. Elle ne disait rien non plus. On ne parlait pas. Puis, un jour, elle m'a ordonné de m'asseoir et m'a servi une orangeade. Du Sunquick dilué à l'eau, avec de la glace. Elle m'a regardé droit dans les yeux et m'a demandé si je savais lire. J'ai répondu : un peu. Elle m'a dit qu'elle s'ennuyait. Elle voulait encore apprendre quelque chose à quelqu'un, faire découvrir des jolies choses, qui aident à mieux vivre. C'est ce qu'elle a toujours aimé faire, ou presque. Elle m'a demandé si je voulais bien apprendre. J'étais intelligent et j'aimais les belles choses. Elle l'a vu à ma manière de prendre soin du jardin.

J'ai dit oui. Je ne sais toujours pas pourquoi. Mon cœur était mort, mais battait encore. C'était la seule personne à qui je n'avais pas besoin de mentir, puisque je ne lui parlais pas.

Alors le samedi je venais. Je coupais le gazon. J'arrosais les arbres. Je ramassais les fruits mûrs lorsque c'était le moment. Puis on s'asseyait tous les deux sous la varangue. Elle m'apprenait à lire les phrases en français. Elle m'expliquait des mots qui n'existent pas en créole. Je lui parlais un minimum dans cette langue que je ne maîtrisais pas vraiment, seulement un peu, comme les petites gens d'ici. Elle m'apprenait l'Évanescence. Le Pictural. Le Savoureux. Sourdre. Je lui parlais un minimum, lorsque l'exercice l'exigeait, mais tout ce que je lui confiais relevait de mon imagination : des descriptions de jardins des merveilles, des plats de contes de fées.

Je ne lui ai jamais rien dit de vrai à cette femme. Elle ne me l'a pas demandé. Mais elle a lu en moi comme dans un livre ouvert. Lorsqu'elle m'a senti correctement préparé, elle m'a prêté des livres justement. Elle m'a fait voyager, elle m'a instruit et permis d'apprivoiser cette douleur implacable avec des mots qui n'étaient pas les miens. Elle me disait des choses comme : « Il ne faut pas se contenter d'une vie, on a tout intérêt à être plus ambitieux », ou : « La seule réincarnation intéressante est celle qu'on opère de son vivant. »

Lorsqu'elle a jugé que j'avais suffisamment appris, elle m'a dit : « Pars. Pars en France. Je t'aiderai. C'est le seul endroit où je peux le faire. Pars de cette île, moi je ne peux plus. Je ne veux pas, d'ailleurs. Je suis venue ici il y a si longtemps que je ne me rappelle plus être allée ailleurs. Tu peux faire la même chose. Pars, et peut-être qu'un jour tu ne te souviendras que des beaux jardins aux mangues juteuses. »

Et je l'ai écoutée, cette institutrice blanche, dotée d'une classe éblouissante et d'une détermination sans faille.

Les dossiers ont pris du temps. Les visas m'ont été refusés quatre fois. Un *anfle kamion** ne part pas en France faire une petite visite. Les pauvres ne sortent pas, ici. Il n'y a que les Européens et les Américains du Nord pour croire que le voyage est libre à tous aujourd'hui. Leur passeport est un passe-partout magique. Mais l'institutrice a falsifié, menti et embobiné l'administration, à croire qu'elle en avait l'habitude.

J'ai essuyé les larmes de ma mère, fait taire les cris de mes frères. J'ai bouclé une petite valise contenant un pull unique et une paire de chaussures fermées. J'ai pris mon bagage de mots, qui lui était énorme, et je me suis avancé vers l'avion. Toute la famille m'a accompagné à l'aéroport, comme on le fait chez nous, avec des pleurs bruyants qui disent qu'on vous aime vraiment. Cette petite femme aux cheveux sans couleur, qui m'avait tant appris, insolite dans le groupe de villageois créoles, était la seule à connaître les raisons de mon départ, à savoir vraiment. Elle a posé sa main sur mon épaule et m'a soufflé : « Adieu. » Son adieu voulait vraiment dire : « J'ai confiance. Je ne te reverrai plus. Recommence. »

Nous n'avons pas tremblé. Ni l'un ni l'autre.

Désiré et Marie étaient toujours assis l'un à côté de l'autre, sur une banquette, dans un café. Un joli silence tendit le moment. C'est peut-être alors que leurs mains se rencontrèrent.

Chapitre 23

Rime

Son filleul avait rappelé Alex – lequel était plongé dans la lecture d'un recueil de poésie ayant appartenu à son père. Il avait décroché cette fois, décidé à déjouer les plans machiavéliques des membres féminins de sa famille. Sa mère et sa sœur, il le savait, exploitaient cet enfant afin d'assouvir leur curiosité, au lieu de l'interroger elles-mêmes.

Chez lui, on ne demandait que rarement. On laissait venir la parole de l'autre, comme la marée, qui finit toujours par monter. Même pour sa sacrée bobotte de mère, si forte en gueule soit-elle, poser des questions directes, ça ne se fait pas. D'où l'instrumentalisation d'un enfant, parce que, si c'est un minot qui interroge, on peut pas y voir de mal.

Pourtant, à la grande surprise d'Alex, le petit garçon ne chercha pas à savoir ce qu'il faisait, ni s'il était seul, parce que Alex n'entendit pas sa sœur chuchoter les questions en douce.

— Bonjour, parrain !

Alex adorait ce timbre enjoué.

— Dis, tu peux m'aider pour un devoir ? Maman m'a dit que tu savais écrire des livres, et que ce serait toi le meilleur pour ce truc en français...

La phrase fit sourire Alex. Sa sœur n'avait pas oublié ses ambitions d'écrivain.

— Oui, bien sûr, ça me ferait plaisir de t'aider... Dis-moi, de quoi s'agit-il ?

— Ben, on travaille sur la description, et là, c'est la description des gens. Mais pas seulement le dehors, le dedans aussi.

— L'intérieur du corps ?

— Mais non, t'es bête ! Ce qu'on pense, quoi ! Ma maîtresse, elle est compliquée mais pas tordue quand même... Ça s'appelle un portrait, parrain.

— Ah ! OK.

— Je te dis l'exercice : « Poser des questions à quelqu'un afin qu'il se décrive (portrait physique ET moral). Trouvez une forme originale. »

Il avait presque hurlé le ET pour faire comprendre que le mot était important.

— Moi, j'ai fait un poème. Franchement, trop classe. Je vais le slamer. Je voulais faire une danse, aussi, mais maman m'a dit que ça suffisait. Il me faut dix rimes, ça ferait sérieux dix rimes, tu comprends. Elle verra que j'ai bien réfléchi à tout, la maîtresse. Le problème, c'est qu'il me manque deux rimes et j'arrive pas à les trouver et maman, elle est trop nulle en rimes.

Alex devina la voix de sa sœur au fond de la pièce.

— Tu sais toi, des animaux qui riment avec rire et avec peur ?

Alex réfléchit.

— Eh bien, pour rire, il y a tapir.

— Tapir ?

— Oui, un animal assez rigolo qui mange des fourmis.

— Ah, dégueu ! Des fourmis ! Mais c'est cool comme nom, le tapir, en plus personne connaît. Ça va leur en boucher un coin, aux autres. Et pour « eur » ?

— Ah, attends, plus difficile… Boa constricteur ?

— Ouais, pas mal ! T'es trop fort.

— Attends, j'en ai un autre : manchot empereur.

— Encore mieux, on a vu un film dessus, la maîtresse elle va être trop contente que j'y aie pensé tout seul.

— Tout seul, mon pote ?

— Bon, presque !

— Tu sais quoi ? Elle est drôlement bien, ton idée. Tu me l'enverras, ce poème ?

— Je peux te l'envoyer en photo par Messenger plutôt, j'ai trop la flemme de le recopier.

Alex sourit.

— D'accord pour Messenger.

— Ça roule tonton, sinon ?

— Tu sais c'est drôle, j'étais en train de lire de la poésie.

— Ah bon ?

— De la poésie qui appartenait à ton grand-père.

— Il savait lire, papi ?

— Je l'ignorais aussi, vois-tu…

Ils restèrent en ligne encore un moment. Alex lut à l'enfant des extraits qui lui avaient plu, et ils parlèrent un peu du grand-père. Puis sa sœur envoya son fils se laver les mains avant de passer à table. Ils raccrochèrent.

Évoquer son père avec le petit lui a fait du bien. Ils n'en avaient jamais parlé vraiment entre adultes, ni avec sa mère ni avec sa sœur. Chez eux le deuil aussi était taiseux. Pas de pleureuses comme au Sud, pas de cris ou de larmes. Des départs sobres. L'hommage, on le rend en buvant un coup après la cérémonie, et en racontant des anecdotes sur le mort. Il se souvenait d'avoir éprouvé un peu de jalousie envers les copains de pêche du vieux. Ils en avaient de sacrées à raconter à son sujet. C'était un bon ! Alex, lui, n'avait rien à dire, à part qu'il lui avait transmis le goût de la mer, du travail bien fait, et appris à mener une barque. C'était déjà bien.

Avec son père non plus, d'ailleurs, ils n'avaient jamais beaucoup parlé. Ils se connaissaient par habitude, comme ils s'aimaient d'un amour qu'on ne dit pas. Il y avait eu la maladie, avec ses moments d'espoir, ses rechutes, et puis la fin. Dans aucun de ces moments, on ne s'exprimait, sauf pour énoncer des banalités positives.

Sa mère et sa sœur s'étaient muées en guerrières dans l'adversité. Elles avaient soutenu son père tour à tour, se relayant sans relâche. Comme Alex devait repartir, il s'était occupé de la paperasse. Elles lui avaient tenu la main, soulagé ses douleurs, lavé les souillures de son corps épuisé, recueilli les confidences et les chuchotements, choses de rien résonnant en paroles testamentaires. Alex, lui, avait signé des papiers et reporté un numéro de Sécurité sociale, un nombre incalculable de fois. Les femmes l'avaient pleuré doucement, en silence. Lui avait passé des coups de fil.

Quand son père était mort, une autre bataille avait commencé : celle du cimetière. L'enterrer à Roscoff avait été la croix et la bannière, c'était le cas de le dire. En effet, un nouveau cimetière, rigoureusement aux normes, avait été construit dans la ville. On avait même déménagé un paquet de morts. Le truc, c'est que son père lui avait fait jurer qu'il dormirait dans le caveau familial, devant la mer, face à la sérénité de l'île de Batz les jours de beau, et au grandiose des ciels gris en rage les jours de tempête. Là seulement il se reposerait bien. La mairie était en bisbille avec les habitants, car ce vieux cimetière romantique et balayé d'air marin devenait paraît-il dangereux. C'était surtout un très bon emplacement commercial, chuchotaient certains. Comme on ne trahit pas la parole donnée à un mort, surtout s'il s'agit de son père, surtout quand on ne s'est pas dit grand-chose dans la vie, Alex avait bataillé sans relâche avec l'administration, saisi un avocat, causé avec un sous-préfet. Il avait fini par avoir gain de cause. Hervé Le Calonnec fut donc l'un des derniers à être admis là, après des affrontements ubuesques aux heures ouvrables, ce qui avait fait traîner la date de l'enterrement et considérablement augmenté les frais de frigo. Enfin, de cellule réfrigérante,

Le jour J, Alex n'avait pas prononcé de discours – pour dire quoi ? – à l'enterrement, n'avait pas pleuré. Il avait simplement porté la boîte, avec un cousin et deux copains du père, puis lancé une poignée de sable, puisqu'il n'y avait pas de terre dans ce cimetière salé d'embruns. Au moins, le paternel était là où il voulait aller.

Après, il a gardé l'habitude du silence, Alex. Voilà peut-être pourquoi il n'a rien dit quand Clo est partie. Il n'avait rien à dire. On ne possède pas les gens. Ils sont libres. Pourtant, on en voyait dans les films, des couples échanger des choses belles et importantes lorsque c'était fini. Pleurer et souffrir, au moins. Alex n'avait pas pu expliquer combien elle avait compté, combien il l'aimait, mais combien il la comprenait. Qu'elle avait raison sur tant de choses, qu'elle devait prendre soin d'elle, et que lui, ça irait. Tout semble évident, trop banal lorsqu'on l'exprime. Alors elle était partie, sans un mot. Avec juste sa valise. Ce jour-là, Clo et Alex se tenaient comme des imbéciles sur le palier. Comme ils avaient entendu des pas, gênés, ils s'étaient fait la bise. Sans plus.

Le téléphone d'Alex bipe. Le message du petit est arrivé : une vidéo. Casquette en arrière et attitude de rebelle, le môme scande son poème en projetant irrégulièrement sa main vers l'écran, afin de marquer le rythme et l'intention.

Hé toi ! Qui es-tu ? a dit la tortue
Comment tu t'appelles ? a dit la coccinelle
T'es blanc noir ou doré ? a dit le poney
Sinon t'aimes faire quoi ? a dit le koala
Et c'est quoi ton métier ? a dit l'araignée
Et puis d'où tu viens ? a dit le lapin
Et pourquoi tu cours ? a dit le vautour
Dans quelle direction ? a dit le mouton
Qu'est-ce qui te fait rire ? a dit le tapir
Qu'est-ce qui te fait peur ? a dit le manchot empereur

Un P-S suivait la vidéo : « J'ai mis doré pour jaune parce que ça faisait plus poésie, tu vois. Et puis Émilie, qu'est cambodienne, moi je trouve qu'elle fait doré quand ya du soleil. Ça fai pas jaune. Les blancs sont pas trop blancs non plus, en vrai, mais dire rose, c'est bizarre. Si on regarde bien même les noirs y sont pas noirs, plutôt marron foncé. C une arnak cette histoire de couleur. »

Alex ne put s'empêcher d'éclater de rire. Il repassa la vidéo plusieurs fois, se rassit devant les livres de son père et brutalement, pour la première fois depuis son adolescence, se mit à pleurer.

C'était arrivé par surprise, d'abord doucement, puis en sanglots par vagues, comme s'il rattrapait la foule des non-dits. Ceux de Clo, ceux de son père, et les autres. Ses épaules furent secouées de vastes bourrasques, et l'eau de ses yeux tacha les pages que ses mains tournaient machinalement, semblant les fouiller à la recherche d'un port.

Une voix lui chuchota qu'il n'est jamais trop tard pour commencer. Il chercha à qui elle pouvait appartenir. Elle ressemblait fort à celle qu'il imaginait pour Sophie.

Chapitre 24

Correspondances, impasses ouvertes et autres allers-retours

Désiré avait tenu à écrire seul la lettre où il partageait des parts de vie tues jusque-là, comme la raison de sa venue en France. Au même moment ou presque, Alex prenait conscience de ses propres manquements et ressentait le besoin étrange d'en parler à Désiré, pas à un autre. Confidence pour confidence, les deux courriers s'étaient croisés.

Les échanges avaient repris. Avec l'aide de Marie, Désiré avait trouvé le moyen de dire autre chose de son île. Accepter le côté sombre de l'aimé, le chérir cependant et même un peu pour ses failles. Des êtres comme des territoires.

Alex avait repris depuis le début, réécrit, rayé des pages, et d'un seul mot corrigé modifié de manière radicale des phrases entières. Le livre avançait. Sophie trouvait sa place, dans une sorte de conte décalé et merveilleux, avec sa part de naïveté, au cœur d'une île multiculturelle dont la diversité semblait totalement inventée. Cette fois, Alex la confrontait aux difficultés, car l'en priver insultait son intelligence. Il avait d'autant plus de respect et d'admiration pour son personnage, qui engrangeait les informations sans être dupe : l'excitation bigarrée de la capitale et la sérénité des paysages, la modernité de l'hôtellerie de luxe et de certains services, les règles britanniques, la politesse française, le labeur asiatique, la nonchalance africaine, la magnificence des métissages, la collaboration des peuples qui se fondent en un. Aussi, le trop-plein neurasthénique de Port-Louis aux heures de pointe, le calme exclusif des immenses propriétés paradisiaques hyperprivées, la psychorigidité britannique, l'inconstance française, la froideur asiatique, le manque de discernement africain, l'obséquiosité des métisses. Plus l'enracinement ancestral de certaines normes sociales, le permanent racisme sous-jacent. Chacune de ses certitudes déconstruites, Sophie se surprenait à les retrouver, au détour d'un chemin, quand la beauté de cet ailleurs la gagnait sans crier gare. Malgré elle, elle se laissa envahir par l'amitié de Baptiste. Adoption mutuelle prudente en place de miracle flamboyant. Il en allait de même avec le pays, ni meilleur, ni pire qu'un autre.

Dans cette histoire, Sophie faisait son drôle de chemin, passant plus ou moins pour une

Européenne échouée là depuis longtemps déjà, de celles qui étaient arrivées pour un homme, un marin ou l'un des privilégiés revenus d'études en Europe. Les étrangères blanches de cette génération étaient toutes dans l'île pour cette raison, hormis les bonnes sœurs. Ces femmes avaient fait des mariages mixtes, à l'époque où ils représentaient encore une révolution silencieuse. Ce n'était pas le cas de Sophie, mais peu importe, elle se fondait dans cette identité quasiment sans obstacle.

Son accent était pour elle un passe, non une marque honteuse, depuis qu'elle avait appris à maîtriser les subtilités du mauricien. Au marché, elle pouvait marchander les prix des mangues et des doux *pashmina**, comme une locale. Après son remplacement scolaire dans les montagnes, elle avait échoué dans une espèce de pension de famille improvisée pour elle, dont elle avait rencontré la propriétaire en faisant ses démarches officielles. Sophie lui apprenait à lire pour déchiffrer par elle-même les lettres de son fils qui vivait à Paris, en échange de cours de perfectionnement en créole. Les leçons prenaient la forme de joyeuses conversations.

Sophie faisait aussi de longues balades.

Désiré et l'auteur construisaient, au fil de l'échange épistolaire, sa vie et ses découvertes, créaient une femme nouvelle, aussi intéressante que l'ancienne Sophie Van Er Meer, lui dessinaient de concert une humanité différente.

Ils dressaient en même temps le portrait d'une île plus complexe. Au fil des pages, se dévoilaient les replis de ce bout de terre soigneusement cachés dans la tête de Désiré. Ceux qu'il parcourait pieds nus, gamin, lorsqu'il y avait encore des *kabri** et des vaches efflanquées sur la plage. L'ombre du Grand Morne planait, son œil trouant la montagne, virgule de ciel perceptible à un seul endroit précis. Désiré disait pêle-mêle les tentacules des *zourit**, l'odeur de propre des linges du dimanche, le geste du contrôleur dans le bus, qui tourne la manivelle de sa machine à remonter le temps pour poinçonner les billets, la sensation de renaître lorsqu'on plonge dans la cascade, la pêche aux *kamaron**, l'ondulation du panache des cannes en fleur sur fond de montagnes de basalte, l'arc-en-ciel sous les jets d'arrosage.

Il déclinait les patchworks de visages : ébènes *Mazanbik**, créoles clairs, Indiens sombres, lascars thé au lait, blondeur incongrue de Blancs qui ne brûlent pas au soleil, yeux délavés de Hollandais ou de Celtes, Chinois aussi, arc-en-ciel subtil de tous les mélangés. Toutes leurs divisions et leurs croyances. Leur unité apparente. Leur capacité à avancer avec tout ça. Sophie les rencontrait, observatrice inlassable, cicatrisant doucement d'elle-même dans le livre en création. Telle était l'île Maurice que Désiré voulait faire comprendre à Alex. Désiré se surprenait, mot après mot, à désagréger sa haine envers ce pays à faces changeantes.

Il le comprenait finalement mieux vu de loin. Perspectives, lignes, pigments prenaient sens, avec un continent ou deux de recul. Désiré accédait à une globalité, une vision d'ensemble, saisi par la découverte d'un tableau dont on n'a jamais approché que les détails. Alex lisait les lettres, les laissait décanter en lui et en offrait le suc à Sophie, qui appréhendait ce nouveau territoire avec la gourmandise des battants, et la fragilité de ceux qui ont déjà perdu une vie. L'auteur brodait son récit de ce joli point de croix. Il humait les odeurs et s'asseyait à même le sol avec Désiré, là-bas, pour contempler. Ils emmenaient Sophie. Ils oubliaient les lourdeurs d'hier et déposaient leurs rancunes, celles-là mêmes qui, portées en bandoulière, les faisaient boiter, juste là, dans l'herbe drue.

Sophie gérait encore de loin quelques transactions importantes pour le compte du nouveau propriétaire de la galerie. Cela lui permettait de continuer à vivre et complétait ses petits revenus d'institutrice remplaçante. Elle s'intéressait à l'art local, car il existait. Elle assistait en témoin à la construction d'une nouvelle vie culturelle, au milieu de l'océan Indien. Elle apprenait à rire plus ouvertement et à manger le riz, servi sur des feuilles de bananier, avec la première phalange des doigts de sa main droite, dans les mariages hindous. Elle s'initiait à une vie où l'on sait que le soleil continue à briller sans vous, quoi qu'il arrive. Elle apprenait à aimer des gens qui aiment les peintures pastel représentant des couchers de soleil. Elle n'avait gardé que peu de contacts en France. Son ex-mari lui envoyait parfois quelques mots depuis la campagne japonaise, où il s'était établi. Il semblait bien. Petit à petit, elle se surprit à être heureuse pour lui, à comprendre qu'ils ne s'aimaient plus que par habitude et convention, et qu'elle lui conservait tout de même une tendresse infinie. Drôle de réussite que ce constat inattendu.

Les deux hommes s'appuyaient l'un sur l'autre. L'auteur et le souffleur attendaient le courrier avec la même fébrilité. Les souvenirs de Désiré coloraient le récit, semblables aux bêtes du Douanier Rousseau à la présence rendue plus ardente par leur dissimulation dans la végétation exubérante. Marie jouait les intermédiaires, fascinée par cette histoire qui se nourrissait de deux êtres et en même temps les rassasiait au lieu de les laisser exsangues. Désiré était plus volubile chaque fois. Il souriait dès qu'il la voyait, parfois même avant qu'elle n'apparaisse dans la rue. Elle sentait la plume de l'auteur se délier, elle aussi.

Marie et Désiré discutaient après avoir écrit. Comme on peut le faire après l'amour. Ils échangeaient des bêtises. Des anecdotes journalières. Des recettes de cuisine. Des choses plus profondes aussi. Il se dévoilait. Parlait de sa famille. Elle aussi, un peu. Il ne lui posait pas de questions. Comme convaincus d'avoir tout leur temps. Ils ne parlaient plus de leurs amours. Ni de l'ombre pâle et déchirante des fantômes de Désiré, ni des souvenirs futiles et maladroits de Marie. Pourtant leur degré d'intimité croissait avec l'histoire qui avançait.

Chapitre 25

Comme si la chaleur pouvait durer toujours

Alex descend la rue vers le bistrot. Il va bien. L'incroyable chassé-croisé avec ce Désiré, devenu tellement proche aujourd'hui, le soutient dans son quotidien. Sans cesse. Il se sent armé pour retourner vers les autres. D'abord le plus facile : les potes qui ne jugent pas. C'est lui qui a appelé Samuel :

— On se voit ?

Sam paraît ravi :

— Quand même ! Je désespérais…

Ils ne se sont même pas précisé où ils se retrouveraient.

Alex est heureux de reprendre le chemin de son petit bistrot préféré. Celui des discussions sans fin et des rigolades bon enfant. Celui de la légèreté et d'un quotidien plein de gaieté. Sam l'attend au bar. Il l'identifierait entre mille, cette espèce de gorille intello, même de dos. Il lui tape sur l'épaule sans ménagement. Sourires francs, accolades généreuses. Retrouvailles masculines presque caricaturales, si elles n'étaient pas si naturelles. Il a pris un peu, l'ami ingénieur ! Alex le charrie...

— Tu t'es épanoui, dis-moi ! Combien de temps déjà, que je fais mon ours ?

— Presque sept mois, Ducon.

— Un par péché capital. Ça devrait le faire maintenant...

— Heureux de l'entendre. La nouvelle année commence bien !

Ils échangent quelques nouvelles de connaissances communes, du boulot. Samuel a retrouvé un travail dans une boîte humanitaire où il met ses compétences au service de pays en voie de développement.

— C'est ce qu'il te fallait, le grand philosophe...

Discussion émaillée de digressions et de bons mots, de blagues douteuses et du plaisir simple d'être ensemble. Son ami, pourtant, semble attendre quelque chose, l'observe avec trop d'insistance.

— Pourquoi tu me regardes comme ça ? Je sais que je t'ai manqué et que je suis d'une beauté de sex-symbol, mais là, tu deviens gênant !

— Écoute, Alex, il faut que je te dise quelque chose de vraiment important et inattendu...

— J'en ai autant à ton service. Tu ne devineras pas. J'ai repris mon bouquin, vais te raconter comment...

— Génial, coupe Samuel, yeux dans les yeux d'Alex. Mais c'est moi d'abord.

— OK, vas-y, j'ai toujours su que tu étais trop con pour apprécier les sujets culturels.

— Je vais être papa, Alex.

— Oh ! Putain !

Sourire lumineux de Samuel.

— Je m'absente trois jours et tu fondes une famille ! Tu aurais pu me le dire, quand même ! On s'est parlé combien de fois au téléphone, sans déconner !

— Je ne pouvais pas te l'apprendre au téléphone, mon frère, murmure Samuel, lèvres en ligne tendue.

— La mère...

— Quoi, la mère ?

— C'est Clo.

Blanc.

— Non ?

— Ben si... Tu sais, on a continué à se voir ici, pendant que tu te planquais. À parler de toi. Et d'autres choses. Puis de moins en moins de toi. Quelle nana formidable ! Je suis fou d'elle tu comprends ? Mais je ne m'en doutais pas quand elle était avec toi. C'était juste ta copine...

— Heureusement pour toi, espèce d'enfoiré ! dit Alex en attrapant le bras de son ami.

— Je ne savais pas comment te le dire. Elle est enceinte de trois mois. Ce n'était pas prévu, mais on est tellement contents.

Une boule de coton roule dans la gorge d'Alex. Lui noue la trachée. Descend dans sa poitrine.

— Félicitations, Sam !

Sa voix est enrouée, tout à coup.

La plus grande surprise n'est pas l'annonce elle-même, mais ce qu'il ressent. Alex est heureux. C'est étrange, mais réel. Follement heureux même, pour eux. Ce tremblement qui saisit ses mains n'est que l'effet de son ébranlement intérieur, l'ahurissement de découvrir une affection véritable pour des êtres extérieurs à lui. Il se rend compte que ces deux-là, il les aime réellement. Que, même hors de sa vie, ils en feront toujours partie. Le genre de chose qui devient ridicule et sentimental dès qu'on l'énonce à haute voix, mais qu'on vit au-dedans de soi.

— Elle n'est pas loin, en fait... Je peux lui dire de nous rejoindre ? On ne savait pas comment tu le prendrais.

— Plus que bien, mon biquet... Appelle-la.

Il a une vraie intonation de gonzesse, là. Alex se ressaisit. Mais il se méfie encore de lui-même, surtout lorsqu'il voit la silhouette de Clothilde se dessiner à travers la double porte vitrée du bar. Il teste son cœur doucement, comme on le fait avec quelqu'un qui reprend connaissance. Puis elle entre, perdue dans son vieux manteau de laine informe, et il ne ressent qu'une infinie tendresse. La gorge serrée, il s'avance vers elle, mais ils se connaissent si bien qu'elle devine son émotion. Il l'enlace délicatement.

— Tu es magnifique...

Des larmes coulent sur leurs sourires. Du coup, Samuel, lui aussi, s'essuie le nez sur sa manche.

Maintenant, ils trinquent au champagne. Clo a décidé : « Une demi-coupe, juste pour cette fois... » Elle agite sa main devant son visage en parlant, comme elle le fait si souvent. Et Alex s'est repris une vague d'émotions en reconnaissant son geste. Ils lui racontent comment leur histoire a commencé. Lui confie qu'il a presque fini la sienne.

Dans ce troquet de coin de rue, comme il en existe tant d'autres dans la capitale, l'atmosphère se réchauffe de magie ordinaire, mélange de hasards heureux et de petits riens. Comme si, malgré la neige qui commence à tomber dans les halos des réverbères, la chaleur pouvait, l'espace d'un instant, durer toujours.

Alex rentre chez lui, légèrement ivre. Griserie si douce qu'il sourit tout seul. Retrouver ces deux-là d'un seul coup... Il les imagine avec un enfant.

Il est tard. Alors qu'il atteint la dernière marche avant son palier, il sursaute en découvrant la silhouette d'une jeune femme qu'il connaît. Il ne sait plus d'où. Ce genre de chose arrive à tout le monde. Il se compose un visage qui ne dénonce pas son amnésie passagère, le temps de retrouver la mémoire.

Desireless ! Enfin, son sosie. Sans son gel, à dire vrai, la voisine d'Alex lui ressemble nettement moins. Les cheveux coupés en un joli carré sage, une chemise de nuit blanche à ruban, taille haute façon Directoire... Décidément, c'est la soirée des surprises. Elle est en pleine discussion avec une superbe créature. Désinhibé par le champagne, Alex entame la conversation. Les demoiselles rient. Alex apprend que son sorcier de voisin, de son vrai prénom Jean-Pierre, est né à Champigny-sur-Marne d'une famille tout ce qu'il y a de plus bourgeois... Cette splendeur métisse aux jambes interminables est sa fille ! Jean-Pierre, qui n'a au naturel pas plus l'accent africain qu'un présentateur de J.T. hexagonal, est un ancien médecin, frustré de n'avoir pas fait de carrière théâtrale, reconverti en marabout, convaincu que la foi peut sauver les gens autant que les médicaments. Ses clients sont des patients à qui d'éminents collègues restés dans le circuit traditionnel soufflent de venir le voir lorsqu'ils en arrivent à baisser les bras face à des problèmes pourtant solubles. Une sorte de placebo ancestral. Alex apprend aussi que cet original, qui adore sa seconde vie et son nouveau rôle, a laissé leur bel appartement à sa fille lorsque sa femme est décédée. Le personnage du marabout agace considérablement Enzia – ainsi s'appelle la sirène –, mais elle reconnaît qu'il obtient d'excellents résultats. Et puis si c'est pour la bonne cause…

Enzia et Angélique sont devenues copines à force de se croiser sur le palier. Pour la première fois, l'ex-punk réincarnée en espèce de marquise des Anges propose à Alex de venir boire un thé avec elles, malgré l'heure indue. Le trio discute encore autour d'un Ceylan pendant une heure ou deux.

En rentrant chez lui, profitant du dernier versant de la nuit, Alex ouvre son ordinateur et écrit les quelques pages qui manquaient. Au moment où l'aube commence tout juste à décolorer le noir du ciel, Alex met le point final à *La femme qui parlait avec un accent étrange*.

Chapitre 26

LA FEMME QUI PARLAIT AVEC UN ACCENT ÉTRANGE (5)

La roche qui pleure

Sophie avait méticuleusement préparé son premier jour de cours. L'appréhension ne l'avait même pas effleurée, elle qui avait sans ciller présenté collections et expositions à des publics de connaisseurs internationaux et négocié des contrats à plusieurs zéros avec les plus grosses fortunes mondiales, non sans rabattre le caquet des plus prétentieux. Cependant, après le cérémonial du lever de drapeau accompagné de l'hymne national mauricien que les élèves alignés chantèrent avec le zèle et l'application de la rentrée, lorsqu'elle se retrouva dans la classe carrelée de la petite école, suivie dans chacun de ses mouvements par ces dizaines de paires d'yeux, elle se sentit moins sûre d'elle. Les « *Hello, Miss Moulinier !*

Welcome, Miss Moulinier », débités comme une leçon à son entrée dans la salle, montraient que les petits avaient été soigneusement briefés. Elle les sentit à peine tressaillir lorsqu'elle commença à parler, en anglais, avec son accent créole habituel, et reconnut dans les regards croisés les marques de la surprise. L'appel déclencha un désastre. Les noms dits créoles – ceux des enfants descendant des esclaves du Mozambique ou de Madagascar – étaient souvent d'origine française, probablement choisis par les propriétaires des domaines sucriers : avec ceux-là, pas de problème. La difficulté venait des noms d'origine indienne. Les prénoms, passait encore. Mais les noms de famille ! Pas de Blancs dans sa classe, un seul Chinois. Elle avait observé la population du village depuis qu'elle était arrivée et savait que, à part les commerçants, elle ne comptait pas de familles chinoises. Quant aux Blancs, ils scolarisaient leurs rejetons dans des écoles privées et en lycée international ou francophone.

Elle se sentait de plus en plus mal à l'aise. Son tailleur clair était sans doute la moins adaptée des tenues. La moiteur ambiante et le vrombissement agaçant des moustiques achevèrent de la déstabiliser. Elle s'attendait à des questions, des réactions, de la curiosité. Or les enfants montraient une attention frisant la passivité. Bien qu'il n'y ait pas d'estrade, elle trouva le moyen de trébucher, peu habituée aux chaussures plates et peu esthétiques qu'elle s'était obligée à enfiler le matin même. Elle reconnaissait chez les écoliers le respect teinté de crainte qu'elle inspirait habituellement. Cependant, au fond des prunelles sombres, elle sentait une acuité absente chez la plupart des adultes. Elle pensa en anglais : *feeling uncomfortable*. Les élèves se concentraient maintenant, tête baissée, sur ces cahiers qui n'avaient ni petits ni grands carreaux, mais des lignes à l'anglaise, deux traits clairs pour guider l'écriture, et des pages si fines qu'on se demandait comment les mômes ne les déchiraient pas. Sophie leva les yeux vers la fenêtre. La vision des montagnes la rasséréna un peu.

À la petite pause du midi, dans le local exigu qui tenait lieu de salle des professeurs, elle retrouva les enseignants rencontrés à la réunion de prérentrée. Leur lunch – quelques pains ronds fourrés de carry, des gamelles de riz généralement accompagné d'au moins deux légumes – était mangé à même les boîtes en métal ou en plastique à fleurs, parfois avec une cuillère à soupe. Lorsque Sophie avait sorti son Tupperware garni d'une salade verte agrémentée de quelques rondelles de tomates, elle avait senti la pitié chez ses collègues. Les institutrices s'étaient montrées amicales, avaient posé des questions sur la France et ses liens avec Maurice. Puis elles avaient parlé recettes de cuisine. Le directeur et les enseignants hommes assis un peu plus loin devisaient avec vivacité. Elle aurait aimé se joindre à eux, plutôt que de commenter daube de poulet et gratin de *sousou** avec ces femmes en saris et tuniques larges, parmi lesquelles elle avait le sentiment d'être descendue d'une soucoupe volante. Mais c'était aussi impossible qu'inconvenant. Pendant ce temps, les enfants mangeaient les mêmes types de sandwiches ronds ou des triangles de pain de mie au cheddar ou au thon, et des petits paquets de chips, assis sur les marches de l'école. Elle se serait crue à l'école de *La Petite Maison dans la prairie*. En guise de prairie, ici ondulait la canne, omniprésente.

Sophie finit la journée exténuée, ravalant son dédain pour les petites maîtresses qui paraissaient dans leur élément au milieu de cette horde de nains de jardin bruns et silencieux, lesquels se mettaient pourtant à piailler copieusement, comme tous les enfants du monde, quand sonnait la récréation.

Sophie revint pourtant le lendemain. Et le jour suivant. Elle avait compris que ce ne serait pas si simple. Elle s'adapta laborieusement. Elle avait beau être tombée dans le seul pays où son élocution pouvait passer pour normale, et si elle avait l'habitude de composer avec les desiderata farfelus d'artistes, elle ne savait pas se mettre à la portée de créatures de moins de dix ans, qui, pour la plupart, n'étaient presque jamais sorties de leur village et alentour. Aucun de ses élèves n'avait pris l'avion !

Deux seulement, le bateau, pour la petite île Rodrigues : cette expérience leur conférait le statut de grands voyageurs aux yeux de leurs camarades.

Petit à petit, pourtant, elle apprenait. Elle se savait à part, mais ne l'est-on pas toujours un peu ? Elle n'était pas la seule à être seule : ce môme, par exemple, qui l'avait scrutée, le jour où elle était venue à l'école pour la première fois. Elle l'avait mis devant, à l'une des petites tables en bois à double casier, dotée de trous pour l'encrier.

Elle ne l'avait pas remarqué tout de suite : il n'était pas comme les autres. Une couleur entre deux, indéfinie. Des yeux gris. Étirés comme ceux d'un chat. Lèvres d'Afrique. Cheveux d'Inde. Un peu de blanc, de jaune et de noir. Du marron aussi. Il n'avait pas de religion : ni catholique, ni protestant, pas hindou, tamoul ou bouddhiste. Pas la moindre trace d'adventisme du septième jour ou de bahaïsme. Sa mère vivait seule, sans parler à personne, arrivée avec son enfant encore nourrisson. Depuis, aucune des commères du village n'avait pu lui soutirer le moindre renseignement. Ce n'était pas tout. L'enfant souffrait d'un handicap : les mots se refusaient à sortir. Les syllabes se heurtaient de manière dramatiquement comique. C'était réellement malaisé de le comprendre. Le petit bègue restait souvent isolé dans la cour. Il se débrouillait à l'écrit, mais impossible de l'interroger à l'oral, sous peine de le mettre à la torture. Tant de différences l'excluaient du groupe. Sophie constatait qu'on surestime beaucoup la pureté du regard et la gentillesse des enfants. C'étaient des concentrés miniatures de la société dans laquelle ils venaient au monde.

Elle eut l'idée de faire découvrir des auteurs mauriciens à la classe et elle opta pour la poésie, qui se rapproche de la chanson, rythmée et pleine d'images. Elle pensait que ce serait plus abordable. Elle parcourut quelques ouvrages et choisit un certain Robert Edward Hart, qui la touchait par son surréalisme et le lyrisme quasi mystique de sa lecture de l'île. Les élèves devaient apprendre un extrait de poème pour le réciter en classe. Un tel exercice, pensait-elle, pourrait débloquer l'enfant aux yeux gris qui butait sur chaque syllabe. Souvent, chanter aide à corriger un défaut d'élocution, même si cela n'avait été d'aucun secours pour elle. Ce garçon était une des rares personnes dont elle se sentait proche dans ce village, hormis Baptiste et la femme rencontrée à Port-Louis, dont l'amitié spontanée lui réchauffait le cœur chaque fois qu'elle l'avait au bout du fil.

Pleine de bonne volonté malgré tout, elle avait organisé un repas dans sa petite maison pour ses collègues, leurs conjoints, ainsi que le boutiquier et sa famille en tant que ses plus proches voisins. Elle qui n'avait jamais rien fait de ce genre, elle décida de tout préparer elle-même et voulut, pour leur faire honneur, faire découvrir à ses hôtes des plats dont elle pensait qu'ils ne les connaissaient pas. De ce point de vue, ce fut sans doute réussi. Elle avait prévu simple : Kir à l'apéritif pour ne pas les intimider en servant du champagne, avocats agrémentés d'une sauce rose dont elle se rappelait vaguement la recette de son chef, qui la préparait dans sa cuisine parisienne, tranches de bacon autour de petits rouleaux de chèvre. Elle dut former elle-même les rouleaux à partir de fromage obtenu quasi en fraude depuis l'île de la Réunion. Elle fit mijoter en bœuf bourguignon des morceaux de viande destinés au carry, achetés au marché, surmontant les haut-le-cœur provoqués par l'odeur du sang dans le périmètre réservé aux bouchers et aux mouches. Elle ajouta ce qu'il fallait de vin rouge dans la sauce et fit revenir des pommes de terre dans du beurre, le tout accompagné d'une salade verte. Elle acheta du bon vin – un exploit dans ce pays –, se lança dans la préparation d'un baba au rhum qui, il faut en convenir, avait de l'allure. Cuisiner par quarante degrés n'avait pas été une sinécure. Elle n'avait pas donné d'heure à ses invités, qu'elle attendait naturellement vers 19 heures.

Tous arrivèrent à 18 heures. Elle dut servir l'apéritif tout en dressant la table. Priya portait un pimpant *churidar** vert fluorescent, Sheela un rose. On était loin des soirées mondaines où le noir s'impose. Fatima en avait choisi un plus sobre. Son époux Fazal était en chemise blanche sans col, les autres maris en chemise à col fermé, malgré la chaleur. Sharonne et Steeve étaient venus accompagnés de leurs trois enfants, que Sophie voyait régulièrement à la *laboutik sinwa** et à l'école. Bernard, un autre collègue, en polo Lacoste, apportait deux bouteilles de bière gravées d'un Phoenix renaissant de ses cendres, ainsi que des petits sachets de graines et des frisures de pâte épicée, que les enfants nommaient Caca pigeon. Fatima et Fazal ne buvaient pas d'alcool. Sophie comprit que Priya et Sheela non plus. Heureusement, elle avait prévu du Pepsi. Tous déclinèrent son Kir, que manifestement ils n'avaient pas l'habitude de boire. Les hommes s'étaient installés dans la cour, les femmes regroupées dans la petite varangue, prêtes à l'aider. Puis, elle invita chacun à s'asseoir autour de la table. Personne ne sembla surpris par la simplicité extrême de son intérieur. Mais elle perçut un léger flottement lorsqu'elle les invita à intercaler hommes et femmes. Son entrée n'eut que peu de succès. Les enfants soufflèrent discrètement : « *Ma, zavoka-la, sale do* ! *» Elle tenta de lancer la conversation, sans grand succès. Ses invités attendaient tout simplement la suite. Seuls Sharonne, Steeve et Bernard mangèrent du bourguignon de bon cœur, l'arrosant en alternance de Pepsi et de vin, sans changer de verre. Les autres ne touchèrent qu'aux pommes de terre et à la salade. Elle se retira en cuisine, se disant pour se consoler que les

Mauriciens aiment les douceurs. Elle apporta donc le baba au rhum. Là encore, seuls les commerçants et l'instituteur acceptèrent. Puis tous se levèrent, prirent congé avec le sourire et la remercièrent, sans lui laisser le temps de leur proposer un café. Le tout avait duré une petite heure et demie !

Ce dîner était une catastrophe. Sophie s'assit sur son perron, une énorme part de baba au rhum sur les genoux pour chasser son désarroi. À la première bouchée, elle constata qu'elle avait oublié le sucre.

Elle raconta sa tentative de sociabilisation à Baptiste. Si les codes de l'islam lui étaient connus, ceux des hindous – qui ne mangeaient pas de bœuf, des tamouls qui en certaines périodes de carême étaient végétariens, de la prohibition de l'alcool inégalement appliquée chez les uns et chez les autres – lui avaient indiscutablement échappé. Baptiste s'était payé une bonne tranche de rire au récit de ses exploits mondains.

Après ce fiasco, ses invités se sentirent à l'évidence chargés de mission : la nourrir correctement. À sa décharge, firent-ils gentiment comprendre, ils savaient que certaines femmes européennes préféraient travailler que cuisiner. Leur incompétence n'était pas vraiment leur faute. Elle ravala sa fierté, sa désolation d'avoir trahi la plus belle gastronomie du monde, et accepta toutes les invitations. De *briyani** savoureux en carry parfumé, de chop suey en rougail coloré, de *minn frir** en bouillons de *bred**, Sophie eut l'humilité d'admettre les règles de base : un repas sans riz est un plat servi avec du pain, une table sans achards ou piments confits est incomplète, et lorsqu'on invite quelqu'un à manger, il est là pour manger, non pour refaire le monde pendant une durée indéterminée.

Elle se demandait parfois si elle résisterait à ces nouvelles conditions de vie. L'histoire du repas ne la troublait pas outre mesure, mais tous ces détails : le seau qu'il fallait mettre dans le coin de la salle lorsqu'il pleuvait trop fort et que la gouttière branlante débordait de toute sa joie tropicale, les trajets épuisants en bus jusqu'à la capitale dès qu'il fallait faire une démarche, l'invasion de fourmis à la moindre miette de nourriture oubliée, les cancrelats d'une taille décidément très exagérée, les *karya** qui attaquaient les pieds en bois de la chaise de son bureau, poudrant de sciure le carrelage, sans qu'elle arrive à les éradiquer, la pompe capricieuse qui la privait d'eau quasi systématiquement, une fois bien sûr qu'elle était déshabillée et prête à prendre sa douche, l'étrange duo du muezzin et de la cloche de la petite église, les cris des chauves-souris, les chiens maigres des rues, les codes intrinsèques, les règles invisibles et cette hiérarchie interne digne d'un système de castes, intégrée par la population, inextricable fatras de croyances, religions, et origines. A contrario de ce que prétendaient les guides touristiques, les cases mauriciennes n'étaient pas que des maisons. Chaque individu, homme ou femme, entrait dans une catégorie, puis une sous-catégorie, elle-même divisée encore : toile implicite aussi complexe et imperceptible au non-averti qu'évidente pour le natif. L'Europe et ses prétentions historiques ne tenaient pas la comparaison avec ce tout petit bout de terre perdu en mer, qui conservait inconsciemment et en permanence la perspective de son histoire. Ce peuple en perpétuel état de rémanence, comment le comprendre avec sa belle laïcité et son athéisme flagrant chevillés au cœur et au corps, en sus de son féminisme latent régulièrement mis à mal ?

Et puis, surtout, comment se confronter chaque jour à ces gamins qui la considéraient comme un animal sauvage et imprévisible, elle qui était venue jusqu'ici pour fuir précisément cette réaction ? Les enfants se méfiaient d'elle, de ses idées à part, comme étudier la grammaire en lui donnant le visage de poètes locaux qui n'étaient même pas au programme. Sans insolence, leur regard établissait une simple constatation et posait la question : « Madame, qu'est-ce que tu fais là ? »

Elle n'avait eu de compte à rendre à personne d'autre qu'à elle-même jusqu'alors, et voici que des enfants lui en demandaient sans prononcer une parole.

Sophie sentait pourtant qu'au fur et à mesure de ses improvisations pédagogiques, les jeunes apprenaient, avançaient. Le petit bègue ne s'exprimait pas mieux, mais le tic de ses yeux gris qui se plissaient à chaque respiration se calmait. Il était toujours malmené par ses camarades, plus ou moins selon les jours. Parfois ils l'oubliaient simplement. Il pouvait alors se perdre, tranquille, dans ses propres pensées. À quoi pensait-il ? Les élèves avaient tous récité un poème mauricien, comme elle l'avait demandé. Sauf lui.

Près d'une année scolaire passa. Les élèves avaient tous besoin de prendre l'air. Sophie prit une décision : elle fit une demande auprès de la direction et, après d'assez longues négociations, obtint d'organiser une sortie scolaire, un type d'initiative qui ne figurait ni dans les usages ni dans le budget. Qu'importe, ils iraient en bus de ville, emporteraient de quoi piqueniquer et grilleraient quelques saucisses de poulet le soir. Sophie négocia avec les scouts locaux l'emprunt de grandes tentes beiges que Baptiste acheminerait dans son taxi, acheta des sachets de *macatia coco** pour le lendemain. Elle choisit Souillac pour destination, avec l'idée de voir la maison, reconstituée en musée, et la tombe du poète Robert Edward Hart, dont elle avait parlé en classe.

La visite de la Nef, étrange construction offerte au Prince des poètes lorsqu'un cyclone avait détruit sa propre demeure, fut assez brève. Ce n'était pas grand. Les murs constitués de blocs de corail, où les traces de vie avaient laissé de petits cratères, l'apparentaient à une grotte. Les élèves s'étonnèrent des deux livres placés sur le bureau où Hart écrivait. Qu'est-ce que le Coran et la Bhagavad-Gita pouvaient faire ensemble chez un catholique ?

— Madame, lui aussi, il était bizarre.

— Comment, lui aussi ?

— Comme vous, madame !

Aucune arrière-pensée insultante dans cette remarque.

Pour la petite troupe, le spectacle le plus captivant se trouvait à l'extérieur, car le petit jardin en longueur, à l'herbe dure qui ne craint pas le sel, derrière le portillon, s'ouvrait sur la mer. La maîtresse sentit monter une joie unanime au moment où, après être passé voir la stèle du poète au cimetière marin de Souillac, on alla mettre les pieds dans l'eau, pas plus haut que le genou, la gaieté en fusée, l'excitation devant l'assaut de la vague, habituellement absente de la quiétude des lagons.

Ils s'arrêtèrent ensuite au jardin Telfair pour pique-niquer, investissant bancs et kiosques du jardin municipal. La magie du lieu résidait dans l'ombre dentelée des grands arbres et sa déclinaison en pente rapide vers l'eau hérissée d'oursins aux piquants brillants et traîtres. La baignade était interdite à cause des courants forts. La végétation touchait au sable, à la lisière des roches noires dans lesquelles les enfants iraient sautiller après le repas. Les racines se mêlaient aux lianes des multipliants, maillant terre et cimes. En guise de dessert, les écoliers se régalèrent de badames, les amandes locales, en les cassant entre deux pierres. Dans un coin, des amoureux flirtaient. Des adolescents, torse nu, *kapant** probablement l'école, rivalisaient de saltos sur la petite plage. En short et débardeur, *savat** Dodo aux pieds, des hommes jouaient aux dominos sur une table bricolée, rendue bancale par un reste de souche proéminente. Ils posaient délicatement leurs pièces pour qu'elles ne tombent pas. Sophie se demanda pourquoi ils ne déplaçaient pas la table.

Elle avait prévu des jeux que ses élèves pourraient faire tous ensemble. Mais d'abord elle les laissa tranquilles. Les filles vinrent lui offrir des coquillages ramassés dans les rochers. Le petit garçon bègue s'était joint au groupe de jeunes du village et se montra plutôt adroit en galipettes. Les grands le félicitèrent. Quelques camarades de classe lui demandèrent avec un brin d'admiration où il avait appris à faire le *kabri** ainsi. L'enfant aux yeux gris leur sourit et haussa les épaules. Sophie pensa que lui et elle avaient leur chance, malgré tout.

La suite du programme était une marche des falaises de Gris-Gris jusqu'à un site remarquable, sculpture naturelle dans la falaise, où

Robert Edward Hart puisait souvent son inspiration. Pendant ce temps, Baptiste installerait les tentes sur un terrain prêté par la municipalité.

Sur le chemin, elle parla de la Lémurie, continent magique englouti, chanté par le poète, qui réunissait sur une cartographie imaginaire Maurice à son île sœur La Réunion. Les enfants, qui bien sûr n'écoutaient pas, jouaient avec le vent magistral venu du large, qui acheva de défaire les nattes noires des plus sages et accentua les épis des autres, contaminés par la sauvagerie du paysage. Arrivés à La Roche qui pleure, ils s'arrêtèrent ensemble, à une distance respectueuse du bord, fascinés par l'immensité saline qui venait se briser sur l'obstacle de la côte. Le soleil, déjà, commençait à décliner, avec la rapidité que seuls connaissent les pays du milieu du monde. Elle leur montra le profil sculpté dans la falaise par la lave et le hasard. Ils s'accordèrent à y reconnaître le visage éploré d'une femme, plutôt que le profil de Hart que certains observateurs disaient identifier. Les vagues jaillissantes faisaient couler des larmes salées sur le visage de roc.

Sophie s'assit et leur raconta les légendes, celle qui disait que la femme pleurait éternellement son amant perdu en mer, puis celle de la sorcière changée en statue de pierre pour avoir mangé ses propres enfants. Derrière eux, la ligne d'horizon vira au mélange vif de bleu, orange et rose, que seul ose le ciel sans avoir peur de paraître vulgaire. Deux oiseaux blancs chorégraphiaient un ballet aérien à l'élégance rare, une longue plume blanche en traîne soulignant la légèreté de leurs voltes. Le petit garçon aux yeux gris avança ses mains vers eux comme un cadre, mais les oiseaux virevoltaient, et il ne réussissait pas à les saisir dans l'espace de ses doigts. Alors, pris d'un élan irrésistible, le gamin se mit à effectuer une série de saltos, comme il l'avait fait sur la plage, pour les imiter. Sophie lui demanda d'arrêter, mais le vent qui soufflait vers elle rabattit ses mots vers les arbres, comme on balaie un détail d'une pichenette. Avant qu'elle n'ait eu le temps de se lever, l'enfant était trop près du bord.

Au même instant une vague redoutable, plus puissante que les autres, le happa. La frêle silhouette glissa comme un fétu de paille dans le bruit du ressac.

Le sang de Sophie se retira, son cœur cessa de battre. Les enfants avaient tous vu la scène. Au cœur de la stupéfaction, une fillette trouva la ressource de hurler : là, là !

Vision d'une violence inouïe : de maigres avant-bras s'agrippaient dérisoirement aux herbes sèches, au bord du précipice. Pas de temps pour les mots ni pour la pensée. Le rythme impitoyable des vagues ne le permettait pas. Comme un seul corps shooté à l'adrénaline, Sophie se précipita, les enfants derrière elle, formant sans se concerter une chaîne ridicule face aux éléments, pour retenir les pieds de leur maîtresse. Sophie s'était allongée à plat ventre pour ne pas basculer dans le vide, afin de saisir les bras du môme avant qu'il ne soit trop tard. Elle tira de toutes ses forces.

Sophie ne se souvenait pas comment ils s'étaient réfugiés très loin en arrière, au fond de l'esplanade, le plus loin possible du ressac. Elle tremblait. Des enfants gémissaient doucement en harmonie avec le vent qui s'engouffrait dans les creux durs. Des yeux gris se mirent à couler des larmes, qui autorisèrent celles des autres. Puis au milieu de tous, au cœur d'un cercle que ses camarades avaient fait autour de lui, l'enfant se leva et d'un timbre faible d'abord, puis plus clair, prononça jusqu'à couvrir le bruit du vent :

Et voici qu'enivrées par l'audace de leur vol
De blanches mouettes rayent d'argent l'espace
Entre l'eau déferlante et la forêt muette
Entre ces voix du ciel et ces voix de la terre
Qu'ont les oiseaux et les insectes
L'heure passe et les cocotiers s'épanouissent
[...]
Ineffable stupeur de la vie en sa force
Qui mûrit saintement dans la palme et l'écorce
Avec d'obscurs frissons et de lentes délices
Ils aspirent la vie aux limbes de la terre
Puis au vide ébloui du ciel

C'était un extrait de poème que Sophie avait donné à étudier parmi ceux de Hart. Lorsqu'il eut fini, les autres resserrèrent le cercle. Plus rien ne bougeait. La mer semblait calmée, le vent dompté. La voix de l'enfant aux yeux gris n'avait pas tremblé. Il avait dit le texte d'une traite, sans buter sur un seul mot.

Elle ne pourrait raconter ce moment à personne : il n'était pas crédible – peut-être avait-elle rêvé ce gosse déclamant de la poésie face à la mer qui avait failli le happer, quelques minutes à peine après avoir évité un drame absolu –, à moins que les interlocuteurs ne soient sensibles à la puissance des charmes, prêts à accepter le miracle et l'inouï.

Sophie avait failli perdre un enfant aujourd'hui, elle qui n'en avait jamais eu. Pourtant, elle sentait ces gosses autour d'elle, le petit garçon aux yeux gris avec eux. Peut-être que tout irait bien, que son destin s'écrirait ici dorénavant, quoi qu'il en soit. Que leurs destins à eux commençaient seulement, comme celui de leur pays. Elle avait l'assurance à présent qu'aucun d'entre eux ne baisserait les bras.

Chapitre 27

Les hommes s'arrêtent tôt ou tard, leurs histoires courent toujours

À Paris, le 30 mars 2017

Cher Désiré,

C'est le printemps.

J'ai fini. Vous le savez déjà, j'en suis sûr. J'ai dû relire le tout, voilà pourquoi je ne vous ai pas donné de nouvelles ces deux derniers mois.

Voilà un moment que nous avons trouvé ensemble, avant même qu'elle ne le sache, la place de Sophie. Elle et moi, nous vous remercions. Il n'y a pas qu'à elle que vous avez indiqué la route à prendre. Vous devez maintenant tenir parole et me rendre mon bien.

Je vous remettrai le vôtre, ce dernier chapitre.

Je vous ai imaginé mille fois. J'aimerais aujourd'hui serrer votre main.

Dites-moi si l'on peut se rencontrer, et où ?

Alexandre

À Paris, le 9 avril 2017

Cher Alexandre,

Je viendrai.

Votre histoire m'a rendu la mienne. M'en a offert une nouvelle aussi. Nous nous connaissons maintenant au-delà des mots.

*Mo bien kontan nou pou zwenn aster**...

Disons samedi, 17 heures. Je vous joins l'adresse du café d'où je vous ai écrit, chaque fois.

Désiré

Voilà comment Désiré et Alexandre se rencontrent enfin, à cette même table où Marie et le balayeur se sont assis si souvent.

Les deux hommes se reconnaissent. Une évidence. Alexandre a conclu son manuscrit par des points de suspension. Désiré ne le lit pas tout de suite. Il a des questions pour Alexandre. Et réciproquement.

Les deux hommes partagent enfin à voix haute. La relation est différente mais coule de source. Ils se tutoient, ce qu'ils n'ont jamais fait dans leurs lettres. Après s'être offert sans se connaître des morceaux de leurs âmes respectives, ils ont à présent tout le superflu à se livrer. Et ils prennent un plaisir extrême dans cette rencontre si profondément humaine.

Derrière eux, un type achète un paquet de cigarettes. La tenancière sourit à l'une de ses clientes, en essuyant un verre. Derrière eux, tout est banal.

Le crépuscule s'étend sur les toits de Paris. Alexandre rentre chez lui. Ils vont se revoir, très bientôt. Désiré sort à son tour. Il part, marche, prend comme tous les jours l'escalier de service. Lorsqu'il s'assoit sur son lit qui grince, il lève les yeux vers son vasistas. Il va fumer sa cigarette maintenant.

Désiré se rend compte qu'il a oublié le manuscrit sur la table. Demain, il ira le chercher au café. Ce n'est pas grave. D'abord, parce que l'essentiel de l'histoire n'est pas là. Ensuite, parce que parfois, on n'a pas envie d'arriver à la fin. Tant qu'elle n'est pas écrite, on peut tout imaginer.

Maintenant seulement il se souvient de tout. Pourquoi il est parti, pourquoi il ne pouvait pas rester. De toute l'ampleur du sentiment qu'il a pour son pays et les siens. Des yeux ouverts de celle qu'il aimait. Des yeux fermés de celle qu'il peut aimer. Et les deux ne sont pas incompatibles.

Il se rappelle aussi, tout à coup, que le pire moment n'était pas celui où la mère créait des silences dans son histoire et leur imposait le sommeil dans la moiteur du soir tropical, mais celui où elle la terminait ; il savait qu'il n'y aurait pas de suite le lendemain. Pourtant, il aimait les nouvelles histoires avant même qu'elles ne commencent. Mais parfois il fallait attendre. Sa mère n'était pas Shéhérazade. Peut-être parce qu'il n'était pas à même d'être un roi capricieux et sanguinaire. Sa mère lui avait appris très tôt que les choses se finissent. Et que c'est bien ainsi. Il le faut pour qu'elles puissent s'en aller ailleurs.

Chapitre 28
Kaléidoscope

L'appartement est plein de lumières, de bougies et de rires. Les lumières, parce que c'est la fête. Les bougies parce que Enzia les aime. Les rires parce qu'ils sont si nombreux qu'il faut se tenir droit, et ne plus bouger, pour ne pas entrer en collision avec quelqu'un. Parce que l'ambiance est légère, et euphorique aussi. La température estivale et les fenêtres grandes ouvertes contribuent à la bonne humeur générale. Les privilégiés sont assis dans l'espèce de canapé bricolé et autour de la table.

Il y a là Alexandre qui les reçoit tous, Enzia, son amoureuse depuis quelque temps, et le père de celle-ci, Mamadou/Jean-Pierre, qui pour l'occasion a un peu laissé tomber son comportement et ses inflexions de marabout. Angélique dans sa version punk de sortie, Samuel et Clo avec son beau ventre tendu. Désiré et Marie, évidemment. Cette dernière a invité un de ses copains de fac, Björn, un Indien de Suède. Désiré est venu avec une petite troupe hétéroclite : ses camarades, Patrick et Ahmed, puis Bineta et son mari auvergnat. Et même une amie clocharde qui a commencé par profiter de la salle de bains et fait à présent un sort aux amuse-gueules, vautrée dans le fauteuil d'Alexandre, avec un plaisir non dissimulé. Alexandre a aussi invité Lucille et les collègues du resto.

Pour l'occasion, il a même fait venir quatre des musiciens de flûte de Pan qu'il croise parfois à Montparnasse.

Musique des Andes et vin rouge, melting-pot et cocktail, jus de tomate pour les femmes enceintes.

Cette soirée est un grand n'importe quoi, ultrajoyeux. Alexandre et Désiré l'ont organisée pour fêter la nouvelle.

Un éditeur s'intéresse au livre d'Alexandre. Il est prêt à l'éditer. Il faut fêter les choses tant qu'on en a l'occasion. Ils en avaient déjà parlé en Bretagne. Alexandre y a invité Désiré, Marie et Enzia, chez sa mère, il y a quelques semaines de cela. Il ne faisait pas très beau, malgré la fin du mois de mai. Ils ont mangé des huîtres, suscitant la contrariété maternelle parce que ce n'était pas la bonne période. Ils ont fait de longues balades le long d'une mer grise et vert émeraude, moutonnant de blanc. Sous le crachin intermittent, ils se sont très sérieusement engueulés en parlant de politique. Ils ont fait sauter en l'air le petit neveu d'Alex, en garde chez sa grand-mère au même moment. Ils se sont gavés d'iode et d'air, ont mis des bottes pour se balader. Désiré a presque pleuré de revoir la mer. L'océan l'a remercié par un de ces rais de soleil qui percent entre deux nuages. Le trait de lumière s'était posé un instant seulement sur les vagues et les rochers d'Armorique, tapissés d'algues et de varech, créant un de ces moments uniques qui vous soûlent, vous font tourner la tête et vous prennent le cœur brutalement d'une odeur de voyage, de bout du monde, de liberté extrême et de sel. Un morceau de bonheur à l'état brut.

Enzia et Marie ont bu des tisanes, le soir, enroulées dans de vieux châles moches que la mère d'Alexandre leur a prêtés.

Les garçons ont tenté d'aller pêcher, sont revenus les mains vides. Désiré est rentré convaincu que les poissons du Nord n'ont pas la même mentalité, ou alors sont des racistes. Et que les goélands se foutent réellement de la gueule de tout le monde. Le petit neveu a adoré.

La mère d'Alexandre était heureuse de parler à des gens, à des amis de son fils. Elle était si fière de dire à ses voisines qui ils étaient. Ils ont même parlé du père. Et pour la première fois, elle a dit combien il lui manquait. Elle a avoué que parfois elle s'en voulait d'être là encore, sans lui. Surtout lorsqu'elle se sentait bien. Alex avait pris conscience qu'il y avait de ça pour lui aussi. C'était sans doute le lot de tous ceux qui restent. Alexandre et Désiré s'étaient donc dit : si le livre sort, on fait une fête, une grosse fête. Et ils avaient topé.

Dans l'appartement, Patrick grattouille un peu la guitare dont Alexandre n'a jamais joué, même s'il a toujours voulu s'y mettre. Guitare approximative et instruments traditionnels sud-américains pour une reprise très adaptée d'un titre de Buena Vista Social Club. Il y en a, des langues différentes ce soir. Mais personne ne parle l'espagnol à part les Andins, mais eux jouent. Tant mieux, on peut raconter n'importe quoi. Et tout le monde se marre.

On va chercher le tire-bouchon manquant à côté, chez Angélique. Et un vieux rhum à goûter absolument chez Mamadou. C'est portes ouvertes à l'étage. Ceux qui n'arrivent plus à rentrer dans l'appartement discutent sur le palier.

Mamadou raconte à Angélique et à Marie l'histoire du sitar de Siddharta, devenu le Bouddha. C'est grâce à l'instrument qu'il a eu la révélation de la voie du milieu… Si tu tends trop la corde, elle se casse. Si tu ne la tends pas assez, elle ne sonne pas. Un instrument dont les cordes ne se jouent pas, mais vibrent par les autres et engendrent un accord permanent. Enzia passe et lui dit, en le regardant sévèrement, d'arrêter de frimer devant les filles. Éclats de rire.

Désiré explique à Bineta qu'enfin il peut écrire des lettres racontant des choses vraies pour sa mère restée à Maurice. Il n'a plus honte. Sa vie est plus facile aussi, il faut dire, alors il n'a pas tellement de mérite.

Le téléphone sonne. C'est la mère d'Alexandre. Le combiné passe de main en main. Le coup de fil va durer plus d'une heure. Alexandre va des uns aux autres, volage, pose un baiser sur les lèvres magnifiques d'Enzia, une main sur l'épaule de Désiré, frôle le ventre de Clo.

Il observe sa nouvelle amie de la rue qui mange des gâteaux secs en gloussant, calée dans le fauteuil, un peu empêtrée sous les tonnes de vêtements enfilés les uns par-dessus les autres.

Lorsqu'il était petit, ses parents l'avaient emmené chez une cousine qui portait sans complexe la moustache. Il s'ennuyait un peu. Assis à même le sol dans un coin, il avait trouvé un petit angle de tapisserie qui se décollait. Il s'en souvient encore. La tapisserie était un interminable entrelacs de fleurs de lis et d'arabesques qui se voulaient raffinées. Un truc bleu pâle, mais avec le temps tirant sur le jaune. Il l'avait d'abord soulevé du bout du doigt. Puis avait un peu tiré dessus. La tapisserie venait facilement. Comme personne ne le regardait, il avait tiré un peu plus fort. Il se souvient encore de ce sentiment extrêmement jouissif ! Dessous, il avait trouvé une couche de tapisserie à carreaux, puis encore en dessous un plâtre avec des petites incrustations minérales. Cette femme qui vit dehors a quelque chose de semblable : des couches de vie que l'on peut éplucher.

Grand bazar ce soir, chez Alexandre.

Le bonheur, si serein devant l'Atlantique, peut ressembler à ce désordre sans nom aussi.

Alexandre pense un instant à Sophie, installée là-bas au soleil, à la mère de Désiré, pense à la sienne, à son père un peu.

Il se dit qu'eux aussi ont leur place ici ce soir, dans ce joyeux capharnaüm plein de gens.

Épilogue

Désiré et Marie sont aujourd'hui en couple. Ils vivent à Paris. Désiré a été régularisé grâce à l'appui et aux relations d'un avocat spécialisé, petit ami d'un ancien collègue professeur de Mamadou N'Diaye. Sans ce contact, c'était définitivement impossible. Ils auront un jour deux enfants métisses, aux yeux clairs sortis d'on ne sait où.

Samuel et Clo viennent tout juste de perdre le bébé, vraiment très tard dans la grossesse. C'est dramatique. Le couple menace de ne pas tenir, malgré tout l'amour qu'ils ont l'un pour l'autre. Mais le malheur est si frais... Ils naviguent un peu à vue, l'un comme l'autre. Alex les retrouve souvent, chacun de son côté.

Alexandre va être publié. Son livre est peut-être celui que vous venez de lire. Son petit neveu lui a envoyé une carte postale de félicitations décorée de cœurs et une commande de livre de robots-pirates. Dans tous les cas, Alex aimerait écrire autre chose maintenant.

Quelque chose de moins insignifiant. De moins vrai et de plus d'ampleur. De plus simple et mieux écrit. Il ne sait pas s'il en est capable. Il fréquente toujours la belle Enzia. Ils sont retournés en Bretagne ensemble. Ils parlent d'aller y vivre.

Sophie Van Er Meer est toujours à l'île Maurice. Elle vit à côté de la mère de Désiré. Elle est devenue une autochtone plus vraie que nature et a vendu sa galerie, mais se mêle régulièrement de la vie culturelle de l'île, celle qui change à vue d'œil. Non, en réalité, Sophie redevenue Mlle Moulinier depuis longtemps est vieille à présent, autant que l'île est jeune, et oublie de plus en plus les choses.

Un joli flou artistique sur ses vies qui se mélangent.

La vieille dame aux longs doigts tremble plus souvent, presque toujours, d'ailleurs. La précision la fuit. Sa vue se trouble ainsi que ses pensées. Parfois, sa conscience a des retours fulgurants et douloureux. Et puis de moins en moins. Au fur et à mesure qu'elle accepte. Et lorsque le flou la gagne vraiment, son sourire s'illumine si haut qu'on dirait qu'il ressemble à celui d'un enfant. Son sourire ne tremble pas. Et puisque autour d'elle les gens ne pleurent pas, même si ses yeux à elle coulent et malgré leur bleu terne comme un ciel voilé, elle se sent bien.

Elle vit avec l'une de ses amies, qui est seule aussi alors, sans homme. Le dernier enfant est parti depuis longtemps.

C'est grâce à la nièce de son amie que le duo s'était rencontré, il y a belle lurette, dans l'une de ces salles d'attente administratives, au temps où ces dernières n'étaient même pas climatisées. L'une venait pour recommencer sa vie totalement, un pari fou qui ne se prend que dans les livres, ou presque. L'autre était là pour que la fille de sa sœur puisse entamer une autre vie.

Ces deux femmes décidées avaient eu gain de cause.

La nièce à la peau ébène et aux cheveux crépus était partie faire ses lettres à la Sorbonne, boursière profitant des fameuses places réservées. La fille de pêcheur avait décanté peu à peu, jusqu'au dépôt de son créole natal au fond de son cœur. La Française à la peau claire et aux ongles soignés était restée, en compagnie de son accent étrangement d'ici. Échange de bons procédés dû à quelque dieu facétieux. Cette bascule d'existences était peut-être à l'origine du sentiment d'attachement profond qui liait les trois femmes, la tante en couteau central[1] à cet équilibre, point de balancier spontané.

1. Dans les balances ordinaires, la barre en métal rigide permettant la pesée sur les plateaux est appelée « fléau », le système d'équilibrage en son milieu est le « couteau central ».

Après l'Europe, son diplôme en poche, la nièce était allée travailler en Inde, saisissant l'occasion de répandre la langue de Molière dans un lycée français du Gujarat, à un âge où la curiosité et l'ailleurs peuvent tenir lieu de priorité. Lorsqu'elle rentre dans son île, la jeune femme et la vieille dame parlent pendant des heures, de Paris au printemps, des plaisirs et des difficultés inhérentes à la transmission. La tante gironde encore s'assoit avec elles.

Les deux amies, la blanche et la noire, se sont courbées peu à peu, la tête cependant toujours portée vers la lumière. Deux arbres peuvent exceptionnellement grandir ensemble, jusqu'à sembler de la même souche. Elles se sont serré les coudes. Elles se sont tenu la main parfois, comme le font les sœurs et les amies de cœur dans les contrées du Sud.

La vieille dame lèvera souvent des yeux reconnaissants vers le ciel, même si elle ne sait plus bien qui elle remercie, ni pourquoi. Son amie saura la rassurer lorsque le flou lui fera peur. Cette amie fera de sa vie une vie pour elles deux. Sa famille, dans une île où l'on ne laissera pas encore tout à fait les anciens, remplira leurs semaines de visites, de nouvelles et de plats odorants, en offrande à leurs plis de peau. Cette amie sortira chaque jour du placard deux chaussettes de ski aux formes étranges, usées à force d'être manipulées. Celles qui sont arrivées là cachées au fond de la valise de Sophie, uniques témoins de son aller simple. Puis l'amie lui préparera doucement une tasse de thé. Pas trop pleine, la tasse, pour éviter que la vieille dame ne la renverse, malgré ses mains qui voletteront comme les ailes d'un papillon qui se pose et secoue la poudre de ses élytres. Mouvement saccadé et doux comme les cils face à la lumière trop vive. Puis elle lui servira une deuxième tasse. Puis une troisième, qu'elle devra réchauffer. La vieille dame n'en buvait que deux, hier encore. Il lui restait de l'impatience. Elle jetait dans le fond de l'évier ce qu'il restait dans la théière fine. Lorsqu'elle perdra ses idées, ses mots au milieu de sa phrase, la vieille dame aura gagné du temps, même s'il lui en reste moins. Le temps pour la troisième tasse.

La vieille dame dira parfois qu'il faut du courage pour partir, mais qu'il en faut aussi pour rester. Elle dira que les couchers de soleil sont ce qu'elle a vu de plus beau, finalement.

Après, quand la vieille dame ne tremblera plus, son amie sait qu'elle donnera tasse et théière à sa nièce. Selon la volonté de la vieille dame. Le jour venu, la nièce les emportera en Inde. Ces vestiges d'un prestigieux service à thé du XVIIe siècle repartiront en avion, après avoir vogué depuis l'Asie vers la citadelle bretonne de Port-Louis, calé au milieu de l'une des grandes caisses en bois qui lestaient les cales des voiliers de la Compagnie des Indes.

Et le voyage retour sera bouclé par la fine vaisselle jusqu'en Asie, si la porcelaine ne se brise pas.

Mais pour l'heure, revenons au temps présent, qui nous rattrape par le bout de la manche, implacablement, pour peu qu'on veuille l'ignorer un instant.

Marie a toujours autant de travail auprès des migrants. La bulle a été démantelée, totalement débordée et inadaptée au flux. Les nuits se font dans le jardin Anaïs-Nin à présent, juste un peu plus loin. Cela n'apporte pas vraiment de poésie à l'affaire. Elle ne sait pas comment la situation va se résoudre, trouve qu'elle se dégrade et que les médias n'en disent rien pour ne pas effrayer davantage la population. Ou parce que les gens se sont lassés de cette actu. Elle a peur pour l'avenir. Le camp a été vidé une nouvelle fois. Pour la quarante ou quarante et unième fois, des centaines de policiers et des cars sont venus pour que les migrants soient conduits vers des lieux plus sûrs, puis des CAO[1]. Marie se demande s'ils pourront réellement s'occuper de tant de monde et si ces actions servent réellement à quelque chose. Chaque jour, des centaines de personnes continuent d'arriver.

1. Les Centres d'accueil et d'orientation (CAO) sont des centres d'hébergement provisoire, mis en place en France par l'État depuis 2015, dans le contexte de l'afflux migratoire.

Et puis il y a tous les autres. Je ne peux pas vous donner des nouvelles de tout le monde. Je ne sais pas de qui vous vous souvenez.

Au hasard : Lucille, la collègue d'Alexandre, sort avec sa voisine Angélique. Elles se sont rencontrées chez lui. Dédé, le vieux monsieur grincheux qui venait tous les midis au resto, est mort.

La mère d'Alexandre vient de lui annoncer qu'elle avait rencontré un monsieur sur Internet. Il est encore sous le choc, partagé entre la surprise, un sentiment de jalousie et de rejet lié à la fidélité à son père, et le plaisir de la savoir potentiellement plus heureuse.

Il y a quelques semaines, pour fêter la publication de son roman, Alexandre a organisé une fête chez lui.

Il y avait beaucoup de monde.

Le punch était délicieux et la soirée s'est finie le lendemain matin. Si tard qu'au moment où il a fallu s'en aller, tout le monde a pu prendre le métro. Alexandre et Désiré ont dû partir directement au travail. Le wagon servant de sas indispensable pour émerger des vapeurs d'alcool et de rires…

Désiré s'est endormi. Sa tête ballotte un peu lorsque le métro s'arrête en station.

Alexandre, inévitablement, comme un bleu, doit lutter pour ne pas sombrer dans ce sommeil étrange. Profond, donc intime, au milieu d'une foule d'inconnus, pris dans les toiles de leurs propres pensées nébuleuses, ou plongés sur la toile en un patchwork d'univers divergents contenus presque entiers dans de si petits écrans.

Un fan de Black Sabbath se grise des riffs d'un musicien sourd, sans que plus d'un quart de décibel de basse ne filtre de ses écouteurs, alors que cette femme en tailleur, là, juste à côté, cherche sur Pinterest le meilleur tuto de tresse sophistiquée décoiffée, et ce de la manière la plus sérieuse qui soit.

Quatre personnes somnolent plus ou moins gracieusement, comme Désiré.

L'une envoie un texto à son amoureux.

Une autre cherche un appartement à louer pour déménager, puisqu'il n'y avait plus le choix. Les enfants s'y feront.

Quelqu'un visionne le dernier Snapchat de son pote. Totalement déjanté comme d'habitude, dès le réveil.

Un autre s'occupe de la vente de ses vinyles sur Le Bon Coin.

Trois sont sur Meetic, un pour la première fois, il se désinscrira demain. Puis se réinscrira dans un mois ; deux sont là pour leur dose journalière, c'est devenu comme un doudou affectif ; un sur Attractive World. Il y rencontrera la femme avec qui il se mariera dans neuf mois. Ils vivront ensemble jusqu'à leurs soixante-quinze et soixante-dix-huit ans respectifs. Âge où madame tombera amoureuse de leur voisin à la maison de retraite et entamera la procédure de divorce.

La plupart vont au travail et se contentent de regarder le paysage dans ce métro aérien.

L'un regrette son salaire mensuel perdu au poker.

Tous songent à hier. À la journée qui s'annonce ou à demain qui vient.

Alexandre se dit que le métro est une machine à rêver.

Il se dit aussi qu'il en ferait bien toute une histoire.

Remerciements

Aux accents qui habitent.

À Désiré, muse à son insu.

À Marjolaine, étincelle à la conviction contagieuse, indéfectible complice à l'heure des thés.

À Nuna et Noor, petites oreilles sur l'oreiller.

À Éric, Caroline, Tanguy : yeux grands ouverts sur le texte, et précieux retours.

À Lili, pour les premières couleurs de ce roman.

À Ariana, facilitatrice d'aventure à Maurice.

À Firoz Ghanty et Jean Fanchette, sans qui je ne vous aurais pas connus, Dominique Bellier et Véronique Fanchette. Vos mots ont permis aux miens de voyager.

À Yovan et Daniella, créolistes réactifs.

Au théâtre L'Aire Libre de Rennes et la Villa Gregam de Grandchamp, pour les temps de résidence.

Un remerciement tout particulier aux libraires passionnés, ainsi qu'à Marc Bubert au lycée français du Luxembourg, qui ont accueilli le livre avant l'heure.

À la chaleur de mes bureaux, cafés bretons de leur état, et à leurs tenanciers/ères.

Aux bénévoles de l'association Utopia 56, et à tous ces autres qui luttent au quotidien pour plus d'humanité.

À Philippe et son équipe : bonheur d'être accueillie par l'unique éditeur de la place parisienne avec qui je puisse débattre de la recette de l'*alouda*.

Glossaire

Les termes ci-dessous sont issus du mauricien, sauf dans les cas spécifiés autrement. À noter également qu'en mauricien le « e » muet n'existe pas, « e » se prononçant alors « é ».

Alouda : boisson lactée à base de graines de basilic indien appelé *toukmaria* à Maurice, d'agar-agar (algue gélifiante) et de glace vanille ou amande.

Anfle kamion : nom des manutentionnaires dans les transports à l'île Maurice.

Badine : plaisanter, taquiner.

Betā : terme affectueux pour « fils », en hindi.

Beze larak : se soûler.

Biffin : chiffonnier (argot français du XIXe siècle).

« *Bon die, sa ki bon !* » : « Bon Dieu, comme c'est bon ! »

Bonom mizer : homme misérable.

Boug : bougre, type.

Bred : terme désignant de nombreuses herbes et feuilles comestibles, dans les îles de l'océan Indien.

Briyani : plat d'origine indiano-musulmane dans lequel riz, viande ou poisson, épices et pommes de terre sont cuits ensemble.

Cheese naan : pain indien au fromage.

Churidar : ensemble porté en Asie du Sud composé d'une tunique (*kurti*) et d'un pantalon.

Dal pouri : crêpe indienne à base de *dal* (farine de lentille).

« *Dodo baba aster* » : « Dors, mon petit, maintenant. »

Dominer : tyrannique, dictatorial.

Dramer net : tire-au-flanc, flemmard.

« *Eta batar ! Pa insilte mwa, do !* » : « Eh bâtarde ! Ne m'insulte pas, compris ? »

« *Enn gran misie* » : « un grand monsieur ».

« *Falou mama* » : équivalent de « nique ta mère ».

Fezer : vantard, prétentieux.

Gajak : amuse-gueule.

Grands Blancs : nom que l'on donne aux membres des grandes familles de propriétaires sucriers et autres nantis blancs, ou à leurs descendants.

Hass : galère, problème ; de l'arabe *k'heuss*, « bruit, tapage ».

Kabri : chèvre.

Kamaron : écrevisse.

Kape : manquer.

Karo : champ de canne.

Karya : termite.

Kheer : soupe de lait parfumée, parsemée d'amandes et de pistils de safran.

Kurta : tunique de coton ample, d'origine indienne.

L'Express et *Le Mauricien* : journaux quotidiens généralistes de l'île Maurice.

Laboutik sinwa : épicerie de quartier (ces « boutiques » sont généralement tenues par des Chinois à Maurice).

Laskarinn : fille ou femme d'origine indienne, de communauté musulmane ; terme pouvant être péjoratif.

Longanist : sorcier.

« *Ma, zavoka-la, sale do !* » : « Maman, cet avocat est hypersalé ! »

Macatia coco : brioche à la noix de coco.

Malbar : Mauricien d'origine indienne.

Mari zoli : très joli.

Matelot : marque de cigarettes mauriciennes, très fortes, fabriquées avec du tabac brun.

Minn frir : nouilles chinoises sautées.

« *Mo baba* » : « mon bébé ».

« *Mo bien kontan nou pou zwenn aster* » : « Je suis très heureux qu'on se rencontre maintenant. »

Mazanbik : terme désignant les créoles d'origine d'Afrique de l'Ouest, à la peau très sombre.

Nenenn : surnom des femmes de ménage/nounous à domicile.

Nōka : ferme traditionnelle japonaise.

Pashmina : grand foulard en laine importé d'Inde et couramment vendu sur les marchés mauriciens.

Pieter Both : le second plus haut sommet de l'île Maurice, culminant à 820 mètres.

Reums relous : mères « lourdes » – pénibles (en verlan français).

« *Sa ki pou enn gran privilez* » : « Voilà qui serait un grand privilège. »

Savat : chaussures, en particulier les tongs.

Sega : danse traditionnelle mauricienne.

Ségatière : danseuse de *sega*.

Sopinn : bouteille de trente-trois centilitres.

Sousou : chayote, légume aussi appelé « christophine » aux Antilles.

Tant : panier à anses, originellement en feuilles de vacoas tressées, aujourd'hui en synthétique, servant de cabas de marché dans sa version grande taille.

Tantin : terme affectueux pour désigner une femme plus âgée que soi.

Tata : bus de fabrication indienne.

Walai : « que Dieu m'en soit témoin », utilisé au Burkina Faso.

Zat : nom créole de l'atte, ou pomme cannelle aux Antilles, fruit de l'attier.

Zourit : poulpe.

13449

Composition
NORD COMPO

Achevé d'imprimer à Barcelone
par CPI Black Print
le 6 mars 2022

Dépôt légal : mars 2022
EAN 9782290361290
OTP L21EPLN003140N001

ÉDITIONS J'AI LU
87, quai Panhard-et-Levassor, 75013 Paris

Diffusion France et étranger : Flammarion